飞往曼谷

付佳秋 著

山西出版传媒集团
北岳文艺出版社
BEIYUE LITERATURE & ART PUBLISHING HOUSE
·太原·

图书在版编目（CIP）数据

飞往曼谷 / 付桂秋著. —太原：北岳文艺出版社，2019.3（2025.4重印）

ISBN 978-7-5378-5791-8

Ⅰ.①飞… Ⅱ.①付… Ⅲ.①长篇小说—中国—当代 Ⅳ.①I247.5

中国版本图书馆CIP数据核字（2018）第288637号

书名：飞往曼谷	特约编辑：李　路　韩玉龙	封面设计：杨梦清
著者：付桂秋	责任编辑：李向丽	排版设计：百川视觉

出版发行：山西出版传媒集团·北岳文艺出版社

地址：山西省太原市并州南路57号　邮编：030012

电话：0351-5628696（发行部）

0351-5628688（总编室）　传真：0351-5628680

网址：http://www.bywy.com　E-mail：bywycbs@163.com

经销商：新华书店

印刷装订：三河市元兴印务有限公司

开本：660mm×960mm　1/16

字数：165千字　印张：14

版次：2019年3月第1版

印次：2025年4月河北第3次印刷

书号：ISBN 978-7-5378-5791-8

定价：59.80元

代 序

接到付桂秋为其即将出版的长篇小说《飞往曼谷》作序的邀请时，我正在内蒙古草原深处外景场地夜以继日地工作着。盛情难却，我抓紧一切可利用的时间阅读了这部作品，草草写下这些文字，暂且代序。

在这部十五万余字的作品里，作者没有遵循以故事情节塑造人物形象的传统叙述模式，而是以讲故事的形式，从全知叙述者的角度讲述了一个富商家庭三代人的故事。通过作为第三代人的主人公的回忆，呈现出了第一代人创业的艰辛、第二代人崛起的信念、第三代人守业和再度创业的迷茫……不但在故事结构（创业、发达、腾飞）、人物安排（主线家族祖孙三代人和爷爷所扶持的外族家庭父女两代人、青梅竹马的男女青年、妻子与情人、成功男士与全职太太、主人与保姆、富豪与穷亲戚）、情景模式（爱情与欲望、施舍与报恩、初恋与黄昏恋、浪子回头与少爷的磨难、绑架与解救、忠诚与欺骗、仁义与欺诈、婚姻与婚外恋、婚前性行为与无性婚姻、自由恋爱与包办婚姻、远走他乡与落叶归根、国内与国外人之间的相吸与冲突）等方面，都跳出了以往热播的港台剧的套路；而且在恰当的地方，作者非常巧妙地用日常生活状态，点出相关历史背景，加强了故事的时代感和地域感，使小说有别于常见的富豪家世故事，使人物更加有血有肉，富人的情感与普通人无异，而且由于身份的特殊，他们的个人情感问题更被人瞩目。人物性格、故事情节贴近生活，读来倍感亲切、真实。

　　作为一名年轻的叙述者，作者准确地把握住了当下的社会文化和经济文化，同时对后现代时期年轻人的恋爱心理与行为心理也有着较深的了解，所以对于主人公身上发生的诸多事情的讲述，作者基本做到了游刃有余，从而使主人公的形象显得较为丰满。

　　作者虽然是一位女性，但她选择了绝对服从男性话语体系的叙述视角，塑造了一群完全被男权文化规范了的男女人物形象。我认为这是一种无意识状态下形成的视角。作者对自己的叙述视角有意识地选择，使作品不落俗套，这也是本小说值得一读的亮点。

　　在越来越城市化的今天，人心浮躁，爱情变得肤浅，天荒地老似乎成了美丽的传说。记得一个作家说过："当乡村逐渐消失时，我们回家的脚步实实在在地踏上了虚无。"在我们即将忘却来路时，大难来临，夫妻紧握双手与命运抗争的顽强精神，能唤起人们对婚姻的信念和责任感，激发读者重新审视到底什么才算相濡以沫、不离不弃的爱情。相信作者的文字一定能够打动读者的心灵，让读者对自己的爱情和婚姻进行新的思考。

　　总之，本书在人物刻画和事件描写上也有一定的深度，充满温情和阳光的故事结尾，更有积极意义。作者的文字带有散文的意境美，也是值得欣赏的一面。

　　小说多数来源于生活，一部好的作品，不但可以反映社会背景、社会风气，更能彰显人性的真善美与假恶丑。读者在阅读的同时，也能领略到做人的道理。

　　优秀的作品需要知音来欣赏,这不但是对作者最好的回报,相信读者也会从中领略到文字的魅力,同时对心灵有所启迪。

导演　宁才

"我们一直寻找的，却是自己原本早已拥有的。我们总是东张西望，唯独漏了自己想要的，这就是我们至今难以如愿以偿的原因。"

——柏拉图《理想国》

一

时间刚刚跨进2013年。

按照农历计算,今年是龙年,也是我的第二个本命年,龙年还有一个月就要过去了。以前听说本命年不顺,我还不信,但这一年,我真的体会到了与往年的不同。但愿随着农历蛇年的来临,我的命运也能有所好转。

我从父母手里接过影视器材商城已经三年了。

近两年,父亲除了像税务局查账一样监督我的经营外,生意上的具体事宜,根本上不再过问了。现在,年前各种准备工作已经到位,有店长、部门组长各司其职,各负其责,我也就轻松多了。

早上七点半至八点半是上班高峰期,是城市车流、人流最多的时刻。街道仿佛变成了起伏的河流,路面被各种车辆填满,行人面无表情地匆匆赶路。遇到塞车,总会有蜗牛背着沉重的躯壳蠕动前行的感觉,行人在你眼前忽闪走过,自行车灵活地拐绕把你甩在身后,令坐在驾驶室里的你情绪更加沮丧。而街道两旁鳞次栉比的高层建筑,威严地藐视着这一切,这时候,建造它的人,在它面前却显得卑微无能了。交通堵塞,已成为现代大都市的常见病,所以,我出门总是尽量避开上班高峰期。

今天，早上九点多我才从家里出来，正悠闲地开着车，忽然，手机响了，是爷爷打来的。因为我在开车，就和爷爷约好到了办公室再打给他。爷爷的电话刚挂断，叔叔又打进来，让我中午去他家吃饭，想让我明天陪他去一趟长春，具体事情午饭时谈。

从去年开始，叔叔在他的公司有重要交际时常常带上我，到现在，我已经陪他出差很多次了。我心里清楚，他这是有意让我了解公司的事宜。他曾说过，希望我到公司去做事，因为他早晚是要把公司交给我的。虽然那家公司也有我父亲的三成股份，但我不想让外人以为我在依靠他们。父亲也不愿意我去，他对叔叔公司的一切也从不过问，从这点上也能看出，我们父子秉性相同。看来，我骨子里还是很像父亲的。

"叔叔"其实是我的岳父（小名叫白三），他还是父亲的同学，只是从小一直这么称呼惯了。我和嘉怡结婚后，还是一直叫叔叔，因为叫"爸爸"实在觉得别扭，叔叔也让我随意，他说："只要心里把我当成爸爸就行了。"可岳母那里却行不通，她让我必须叫她"妈"。

上次陪叔叔出差，在酒店睡前闲聊时，叔叔说他特别感激爷爷。他说是爷爷造就了他，他无以为报，只有等爷爷百年后，为他老人家买一块上好的墓地以表孝心。但我知道，他的这个愿望是达不成的，因为我的爸爸和伯伯，都不可能让别人去做这件事的。说实话，就连我和堂哥也不会让别人这样做的。

在我的印象里，父亲和伯伯对爷爷不但非常孝敬，而且有什么大事也都和他商量，甚至可以说他们对爷爷唯命是从。叔叔也对爷爷无比尊敬，爷爷每次回来，叔叔都要给他接风洗尘，还常来家里陪他聊天。我发现，他们这几个事业有成的人，对爷爷的态度，不是一般晚辈对长辈的孝顺，更多的应该是尊敬，是长年累月沉淀的信服和敬仰。

以前，我不怎么愿意关注长辈们的经历，总觉得那些离我很遥远，与我无关，而且那些早已经成为历史了。直到听叔叔说要报答爷爷那时起，我忽然对我的长辈们有一种重新认识的渴望。男人以事业为重，一个男人一生总是要干成点事的，我忽然感到，他们的经历就是我来时的路、是我的根，我和他们是无法分开的。关于他们的经历我听说过很多，那些我和他们一起经历过的或大或小甚至惊险的往事，便在我的脑海里一一闪现……

我的爷爷今年七十四岁了，现在和大伯生活在泰国曼谷。爷爷国字脸，浓眉大眼，一米七七的身高，在他们那一代人里堪称高大魁梧。在两个孙子里，我的身材和脸庞都继承了李家的特征，我长得比爸爸更像他。但我的眼睛像妈妈，更确切地说，应该说像姥爷。我小时候在姥爷家楼下玩，邻居一看，就知道我是我姥爷家的外孙。

爷爷和姥爷是朋友，是他看上了端庄娴静的母亲，两个老朋友才把我父母牵到一起的。而堂哥的外貌就和爷爷相差甚远，因为他有一半的泰国血统。

不知是因为我长得像爷爷，还是因为我有纯正的中国血统，反正爷爷更偏爱我。但在两个儿子中，他更偏疼大伯。十九年前，他甚至放弃自己的生意，带着奶奶远离家乡，去陪伴在泰国曼谷孤身奋斗的长子。后来，他宁愿和老伴儿分居，也要陪在大儿子身边。

据爷爷说，大伯很孝顺，当时在曼谷生意刚刚稳步，他就想回国把父母接过去侍奉养老。他曾含泪说，自己身在国外，见不到亲人，无法在父母身边尽孝，生意又放不下，所以，只有把父母接过去一同生活。可是，由于奶奶水土不服，语言不通，她很不习惯那里的生活方式，住了不到一年，就又回到大连。奶奶和爷爷相反，她更偏爱小儿子，我也感觉父亲和奶奶更亲，就像我跟妈妈更亲一样。

爷爷去泰国时，我还不太懂事。虽然不常在一起了，但我对他一点也不陌生。因为奶奶回来后，他每年都回国一两次，等我大一点，寒暑假爷爷就叫我自己去看他。我总感觉爷爷身上有一种东西与众不同，具体是什么，我也说不清。他看着很和善，语速不急不缓，为人开明豁达，但有一种威严，让你不敢在他面前造次。他身上有一种吸引力，你总想弄清那是什么，却看不清、搞不懂，只会让人想起"静水流深""宁静致远"之类的话语。现在我想，那应该是经过沧桑岁月的洗礼才历练出来的叫作"气场"的东西。

我的父亲看着儒雅，但有点不易让人接近的感觉。我的印象里，他除了对我声色俱厉外，一举一动总像个贵族，骨子里有股傲气。我和他有距离感。我的朋友、同学也都怕他，来家里都躲着他。父亲在工作中严谨、认真、一丝不苟，对员工说一不二，一切按规章制度办事。我认为他管理上缺乏人性化，他却批评我单纯，说我心太软，没原则，早晚要吃亏。

我顺道去银行办了点事，来到办公室时，见父亲来了，看来他已经在那里等我一会儿了。他今天穿了一身藏蓝色毛料西服，还是一副领导视察、居高临下的派头。我叫了一声"爸"，就等他发话了。

父亲说，爷爷想他和重孙了。他想让我和嘉怡带儿子去泰国，去陪爷爷过蛇年春节，让他老人家享受四世同堂的天伦之乐。

是的，你没听错。我虽然不满二十五岁，但我真的已经是父亲了，我的儿子已经三周岁了，他长得很像我。我儿子聪明调皮，我非常爱他，也无法不爱，因为血缘，因为我是他父亲。心情好的时候，他是我的骄傲，我会陪他玩，满足他的一切要求，自己也有回到无忧无虑的童年时光的感觉。可每当我和嘉怡闹矛盾或冷战僵持的时候，他又成了我的隐痛，是我常常情绪低落的根源。如果没有他，我二十一岁以后的人生，将会是另一番景象。

听了父亲的话，我明白爷爷刚才打电话找我的目的了。看来，我又要飞往曼谷了。

我对爸爸说："爷爷给我打电话了，看来就是为这事。我中午正要去叔叔家，顺便和他们商量一下，让叔叔和嘉怡把工作都安排好。我想，嘉怡春节前后多休息几天，应该没问题的。"

提到爷爷，我便想起了一些我知道的事情，我觉得应该告诉父亲。我就说："爸，去年8月份爷爷生病我去陪他那些天，见到了一位奶奶常来看他，爷爷说是同乡。还有，上次泰国发大水爷爷回来，我和他在一起的时候，发现他常和一个女人通电话，话语间很是惦念、体贴。我陪爷爷去逛商场，他还买过女人的衣物，我猜呀，就是送给那位奶奶了。所以，我感觉爷爷与那位奶奶的关系不一般。"

听了我的话，父亲点点头，不置可否。然后他又看看我，很认真地问我对这件事怎么看。这是父亲近年来对我少有的态度，他竟然在征求我的意见了。

我想了想，很认真地说："奶奶已经去世几年了，爷爷年纪也大了，我希望他晚年幸福。我见过那位奶奶，人很不错，看样子很慈祥。她很关心爷爷，还给他煲汤喝呢。爷爷虽然年纪大了，但他也有选择自己生活的权利，他的感情和他的储蓄一样，应该由他自己支配。"

听了我的话，父亲笑了。他说，已经知道这事了。然后，他拿起放在沙发上的包就要走。

我有点惊讶，原来这并不是一个秘密呀，看来爷爷和那位奶奶交往也没有背着父亲。上次父亲去的时候，也应该和那位奶奶见过面了。我就急忙问："爸，那……他们想登记结婚吗？"

父亲停住了脚步，他显得很严肃，若有所思地看看我，慢慢地说："有些感情，不一定要拘泥于一定的形式，尤其是两个不同国籍的人，要结婚的话操作起来很麻烦。又何况都那么大年纪了。"他稍有停顿，又看着我说："两个人的关系，最重要的是心，内心的感受远远高于外在的形式，精神的满足更重要。所以呀，感情上的事，心里有，那就足够了。"

说这话时，他的态度少有的温和，目光也现出我遥远记忆里的慈爱。三年多了，这是我和父亲除工作外少有的交流，而且是关于情感的。我们父子俩平时说话很少，几乎都是例行公事。

听了父亲这些话，我的心似乎被什么东西触动了一下，很柔软的感觉。

二

爷爷很有商业眼光,是最早受益于改革开放的一代人。当年政策刚有松动,他就抓住了机遇,从小卖部做起,只用两年时间,就建成了一家商品齐全、具有一定规模的百货商店了。

那时候,刚刚进入20世纪80年代,大伯已经高中毕业,除了他帮着爷爷照管生意外,还雇了几个售货员。我父亲和叔叔那时还在读初中。

叔叔说,那时候我父亲兜里总有零花钱,他的学习用品都是最好的,还有很多东西他们都没见过;父亲穿得也好,在他们这些穷孩子眼里,父亲就像个大款,他们都很羡慕他。而叔叔的父亲早逝,他母亲带着他们姐弟五人过日子,可以想象生活有多艰难。所以,失去父亲的叔叔,初中还没读完就不想上学了。他开始逃课,后来干脆不进校门了。

听叔叔说,他是十九岁那年个子才长起来的。他辍学时十六七岁,身高刚刚一米六。那时候的他身材瘦小,既没技术,又没体力,不能进工厂打工,在家里又闲不住,就整天游游逛逛,和一些调皮捣蛋的孩子混在一起,经常打架生事。

我父亲和他性格迥异,开始还劝他回校上学,见没效果,就和他疏远了。可爷爷看见他和那些混混在一起，就会喊他来店里坐坐，有时也让他帮着搬点货物，然后把他留下来一起吃饭，他很高兴这样。

叔叔说，那时候家里穷，一个姐姐、两个哥哥，再加上他，四个孩子都是长身体饭量大的年纪，家里连吃饭都成问题。平时买不起肉，有时候他妈妈就买点肉皮炖一锅菜，他们都吃得很香。而我爷爷每次留他吃饭，都会有肉吃，别人吃肥肉嫌腻，他却吃得特香。有一次，吃完午饭还剩下不少肉，爷爷就对叔叔说："晚饭你还来这里吃，这些肉你就帮着'打扫'了吧。我们家人都不怎么能吃肥肉，剩了也浪费。"

叔叔说，他清楚这是爷爷心里可怜他，是想留他吃饭又给他留面子的说法。他对爷爷很感激，看见他就感觉亲切，似乎找到了久违的父爱。所以，他没事了就会到我家里或者商店转转，看是否有用得着他的地方。但是，等爷爷一让他站柜台，他就摇头了，他受不了时间的束缚。

我父亲和叔叔同岁，但比他长得快，身高超出他半个头，买了新的衣服就把稍小的送给他。叔叔说，从小到大，净捡两个哥哥的衣服穿，轮到他时，已经不成样子了。那时候，我父亲的旧衣服，是他穿过最好的了。

中午，我如约去了叔叔家。

我到叔叔家的时候，嘉怡已经到了。她每天中午都回娘家吃饭。见我来了她就迎上前，接过我脱下的外衣，挂在门边衣架上，她笑着告诉我，说她妈蒸了螃蟹。我也笑了，看来是岳母特意买的，知道我爱吃这个。

我见叔叔坐在沙发上，也是刚进屋的样子，他今天穿了件驼色羊毛T恤，上面开着两个纽扣，很随意的样子。他见我和嘉怡说话，就招呼我到他那儿坐。嘉怡也跟过来，刚要和我们一起说话，却又被岳母叫到餐厅去了。

现在的叔叔事业有成,今非昔比,不过他看上去还是很平易近人。这些年,事业上的历练,已经使他去掉了身上的粗俗和芜杂,但我还是能感到他内心的野性。说真的,他骨子里还存有一股痞气。

我对叔叔的感情,是在七岁那年父亲出事时开始建立起来的。从那时起,我就开始崇拜他了。而2010年父亲给我的一顿暴打,使我和父亲更加疏远。所以,我对叔叔的感情,似乎比父亲更亲近。几个长辈中,我更愿意和叔叔交流,他很平易近人。有时候,他会站在一个男人的立场,像老朋友一样平等地和我聊天。

记得小时候,父亲也很疼我,他下班回到家,常常把我高高举起来。对小孩子来讲,那是既惊险又刺激的游戏,我每天都对那一刻期待无比。他还常给我买玩具,陪我玩他小时候玩过的滚铁环、抽陀螺等游戏。他还说,是我的出生给他带来了好运。因为之前他做的几个行业都不成功,是在我出生那年,他转行做家电销售才开始一路顺风顺水的。

1988年,正是中国普通家庭彩色电视机和黑白电视机更新换代的时候。那个年代,彩电、收录机、电冰箱、双桶洗衣机号称结婚必备的"四大件",当时市场供不应求,顾客要先交预付款才能买到,甚至还有排号的时候。当时家电市场经常缺货,谁能顺利买到这些新家电,那是要很大的人情呢。所以,父亲赶上了好时候。在外人看来,几年家电生意,让他赚得盆满钵满。

有了钱的父亲就打算投资其他产业,风声一传出,就被别有用心的人盯上了。一天晚上,他关好店门回家时,遭遇了绑架。

当时,大伯已经去泰国多年,爷爷也在泰国。姥姥家在沈阳,舅舅是一位警察，军人出身的他性情刚烈、疾恶如仇，正所谓黑白不同道。那时妈妈怕绑匪撕票，根本不敢和舅舅商量，也不敢报案，她宁愿出钱免灾。当时六神无主的母亲，情急之下找到了叔叔，她说只要能保证父亲安全，宁可倾家荡产。

那时候，奶奶已经从泰国回来了。我还清楚地记得那天的情况。

保姆张姨接我放学回家后，我看到奶奶坐在沙发上，脸上流着泪，抹着鼻涕，很难过的样子；母亲很显然也是刚哭过。我还看到母亲背着我嘱咐奶奶什么，奶奶只是哭，母亲瞄着我安慰她。

安顿好奶奶，母亲走过来搂住我，她用颤抖的声音告诉我说，下午不去上学了，她会给我向老师请假的。她也不许我出去玩，必须老老实实待在家里，还让张姨寸步不离地看着我。我从她们的神态，以及听到的只言片语中，感到有什么危险降临了。我很不安，就焦急地问妈妈："出什么事了吗？为什么不让我去上学？爸爸呢？他昨晚就没回家。"

妈妈故作轻松地说："没什么事，你要听话。你要好好待在家里，哪里都不能去，最好别出房门，更要远离陌生人。"这是从来没有过的要求，我虽然只有七岁，但还是从妈妈的话语中听到了沉重，感到有不祥的事情发生了。此时此刻，我只有听她的话才行。

那天，我第一次想爸爸了，非常想。

张姨做好了午饭，但谁都吃不下。不一会儿，妈妈出去了，过了很久她才回来。

傍晚时，叔叔来到我家。那天他非常严肃，铁青着脸，一副威严的神态。那是他第一次见了我没理睬我。妈妈让张姨看着我在楼下玩，不许上楼，也不许出去。然后，她带着叔叔去了二楼奶奶的房间。

看他们神秘的样子，我知道发生了严重的事情。我很好奇，挣脱张姨的拉扯悄悄跑上二楼，我没敢进奶奶的卧室，只是站在客厅里偷偷听他们谈话。室内传出的声音断断续续，听不清楚，我也听不懂，可就是很想听到他们说了些什么，心里惶惶然不得安宁。等听到里面的人站起身要出来时，我又像小偷一样快速跑到楼下。我知道，这时候不能惹妈妈生气，要让她看到我很乖的样子。

叔叔走下楼梯，妈妈和奶奶都跟着下来了。叔叔边走边说"有他在，尽管放心"之类安慰的话。

那时我突然感到，清瘦的叔叔是那么高大，屋里所有人都心惊胆战，只有他像电影里的英雄人物一样沉着冷静。他昂首挺胸，面无惧色，身上散发出来的威严笼罩了整个房间，他成了屋子里所有人的主心骨。当时的我，心里已经不想着父亲了，只觉得眼前有个英雄站立着，有他在这里，一切都能化险为夷。这时候，叔叔似乎成了救世主，我必须仰视他，一切听从他的派遣。平时那个见了我就摸着我的头，笑嘻嘻地叫我"干儿子"的叔叔，和眼前这个大义凛然的英雄形象，在我眼前跳来跳去，我不知道哪个是真实的叔叔了。

那天晚上，我不知道什么时候才睡着的。次日醒来，发现自己竟然睡在父母的床上。母亲坐在身边看着我，她脸上全然没有了往日的神采，那张漂亮的面孔上笼罩着一层云雾，闪亮的眸子变得呆滞。我很害怕，想起昨天的事，一骨碌爬起来，环顾四周，依然没见到父亲的身影。我害怕到了极点，扑到母亲怀里问："爸爸呢？爸爸到底怎么了？叔叔呢？叔叔又去哪儿了？他怎么也没来？"

母亲搂着我说："没事，没事的……"

我看到她的眼睛湿了，感到她的身体在颤抖。我预感到有巨大的不幸要发生了，我紧紧趴在母亲怀里，一刻都不想她离开我。

漫长的等待是煎熬的。

这个白天，窝在家里憋闷极了，奶奶和张姨寸步不离地看着我。后来叔叔来了，妈妈和他先后出去过两次。再后来，她也坐在家里等着。我第一次没有胃口，平时喜欢的零食也吃不下。

晚上八点多，叔叔带着六七个人，架着昏睡着的父亲回来了。他们身上都脏兮兮的，手里拿着木棒、铁棍等家伙，其中一个人头上流着血，叔叔身上蹭上不少血渍，手里的木棒有一大块红色。他们个个面色严肃，一脸杀气。叔叔眉宇间显出一股不可一世的气度，我第一次看着他有些害怕。

妈妈急忙吩咐张姨把我带到楼上去，不许我下来。我见到了父亲，但是仍然紧张得要命，不知道他这是怎么了，也不知道这两天他去了哪里，更不知道他们这些人经历了怎样的过程，才把父亲带回家的。

我在楼上只听到楼下乱糟糟的，母亲和奶奶都喊着父亲的名字，叔叔粗声大气地吩咐着什么，有人进进出出，脚步乱七八糟。

过了好一会儿，楼下安静了，应该是那些人都走了。张姨把我带下楼，我看到叔叔还没走。

父亲躺在一楼的客房里昏睡着，妈妈、奶奶围在他身边流泪。我不敢靠近父亲，但惊恐的眼睛却没有离开他。叔叔这时才走过来摸摸我的头，告诉我说："别怕，没事了。早点去睡觉，明天可以上学了。"

我已经被刚才的情形吓傻了，不知为了什么，突然有两行泪水流了下来。

那次父亲被灌了大剂量的安眠药,回到家又睡了一天一夜才醒过来。他除了记得头上挨了一下,其他什么都不知道了。

后来我听父母说,是叔叔通过朋友的朋友,再摆了一桌酒宴,带着一帮人又打了一架,在他软硬兼施、指天发誓绝对不报警不报复的情况下,才把父亲救了出来。那次他只花了很少的钱就把父亲救回来了。

三

再谈到父亲那次出事。

爷爷虽然得知父亲有惊无险,但还是从泰国赶了回来。他责怪奶奶和妈妈,说这么大的事不该自己私了。这是刑事案件,理应报警,由警察处理会考虑得更周全。最起码也应该和我舅舅商量一下,这方面他更有经验。他还说,最不该让叔叔去冒险,甚至以命相拼,万一失手,后果不堪设想。

当时叔叔根本不在乎爷爷说的话。但是后来叔叔也说,当时真是年轻气盛,想不到后果的严重性。现在想起来,当时真是太鲁莽了,年轻人做事冒失,好在没有失手。过了这么久,他依然能感到当时那种紧张和恐惧。

我听爷爷说,也就是那次,当爷爷从曼谷返回来,得知叔叔受了伤,拉着他受伤的手查看时,才发现了叔叔是"断掌"。

爷爷很传统,看过很多古书,更研究过《周易》,对面相和手相也有过深入研究。他说,断掌的男人有主见、有恒心,做事执着,他们要么可成就一番大事,要么就成为江洋大盗。叔叔当时还没有一份稳定工作,仍然和社会上一些不三不四的人混在一起。在父亲这件事的处理上，他又这么大胆出手，江湖气概显露无遗。如果放任自流，真怕他以后有什么闪失。经过再三考虑，爷爷和他深谈了一次。

叔叔一直对爷爷很有感情，他不但像尊敬父亲一样尊敬爷爷，更敬佩爷爷为人处世的态度，以及生意人独到的眼光。见爷爷诚心为他的前途着想，他也大胆地讲了自己的想法。他说女儿嘉怡已经上学了，一家三口还租住在一个小单间里，主要靠媳妇的一点工资维持生计，日子过得捉襟见肘，这不是他想要的生活。他不甘平庸，更不想这么混日子。其实，他也一直在努力寻找机会，虽然他早已经看好了项目，但是因为缺少资金，什么都干不成。他恨自己无能。

爷爷让叔叔讲讲他自己的打算。叔叔就全盘托出自己的设想和看好的项目。听了他的陈述，爷爷知道这个聪明的白三确实花了一番心思，市场调查也说得有条有理。凭对他多年来的了解，爷爷相信他的本质是好的。他做事认真，有始有终，好面子，除了心高气盛又有点懒，没什么大的缺点。

爷爷便对他说，古人讲究修身、齐家、治国、平天下。男人想干一番事业，首先必须端正思想，先做人，后成事。要有"穷则独善其身，达则兼济天下"的胸怀和处世态度。男人行事，要以诚为本，做人如此，做生意更是如此。一定要记住，只有讲究诚信的人，才能在社会中赢得信誉，站稳脚跟。

爷爷又把我父亲叫来，一起商量叔叔今后的出路，肯定不能让他再这么混下去了。

叔叔看好的项目，父亲也认为可行。最后决定，由爷爷出启动资金，让我父亲做担保人，并通过关系去银行给他贷款，他们父子要扶持叔叔走上正路。就这样，一个小型塑料彩印厂很快就诞生了。那是1995年的夏天。

叔叔说，他开厂的时候，自己手里一点积蓄都没有，除了爷爷和父亲帮他外，只有一个朋友主动借给他五千元钱。他的姐姐给了他两千元，而两个哥哥对他失去信心，不闻不问，一分钱都没帮过他。

可现在，叔叔不但不怪两个哥哥，而且不用哥哥、姐姐到公司上班，每月还给他们发薪水。他的两个侄子，也被他安排到公司里做事。叔叔心善，重视亲情，这点我很敬佩他。

叔叔说，他的两个哥哥也许是看他太懒，恨铁不成钢，所以才对他不好。他结婚前，有时外出闲逛回来揭开饭锅一看，里面是空的，哥哥们把饭都吃光了，一点都不给他留。他那么大的人了，还白吃白喝不做事，自己也心虚，因而有点怕两个哥哥。他说，当初也不怨两个哥哥不理他，他那时候在别人眼里，就是不务正业。他自由散漫惯了，不愿意受人约束，所以从来不出去打工，整天东走西窜，游手好闲，完全没责任心。他说，有谁能像你婶子那样傻乎乎的，不离不弃呀。

叔叔还说，其实岳母生了嘉怡后，他也去一家小工厂打过工。没想到第一天就被老板为难并羞辱了一顿，原来那人的表弟曾和他打过架，受过叔叔的羞辱。叔叔哪里受过这般委屈，反正也不想在这里做了，他同样把那老板撂倒在地，并指着他鼻子说："老子就牛到底了！咱骑驴看唱本，走着瞧！总会有一天让你们兄弟在我白三儿面前心服口服！"

叔叔的印刷厂效益很好。他为人热情，会拉拢客户，朋友也不少，能关照的生意当然不会给了旁人，所以小彩印厂经营得风生水起。

叔叔很有长远目标，他赚了钱又开始建厂房，添设备，扩大了生产规模。就这样，他很快就从一个二流子，变成一个一心干事业的老板，真算改头换面了。

我爷爷是很有远见的人，他对两个儿子都寄予厚望。在他的百货商店形成规模的时候，他就给大伯拿出一笔创业资金，让他自己出去闯荡。我很佩服爷爷对晚辈敢放手这点，我父亲和他恰恰相反，他总是把我管得死死的，我想创业他一点也不支持。

我大伯开始也在大连做生意，他先是搞粮食贸易，赚了点钱就南下去了广州，做进出口生意，但是不理想，他就又转到改革开放的前沿深圳去拼搏。他在深圳做了三年木材生意，结识了很多新朋友。因为广东商人去泰国做生意的特别多，在朋友的影响下，他也跟着走出国门，去了泰国首都曼谷。后来，在那里娶妻生子，加入了泰国国籍。

大伯离开家后，父亲高中毕业了，也在百货商店帮忙，跟随爷爷学生意经。大伯还在深圳做生意时，就已经到了结婚年龄，爷爷就给他盖了一幢四层楼的别墅做婚房。爷爷把闲逛的叔叔叫来做监工，叔叔很高兴，他严把质量关，尽职尽责，爷爷很满意。后来室内装修时，又顺理成章交给他来负责。可惜后来这幢别墅却被大伯低价卖掉了，把钱投入在泰国的生意里了。爷爷说，他把家产都卖了，看来是不想回来了，他是死心塌地留在曼谷了。

两年后，爷爷也给父亲盖了一栋同样的别墅，同样交给叔叔监管。叔叔说，在他办厂之前，给爷爷盖房做监工，是他最用心做过的两件事。也是通过这两件事，让爷爷对他有了高度的信任。

父亲随爷爷只干了一年，就和大伯一样，也得到爷爷的一笔创业资金。父亲就拿着这笔钱，开始了他的商海生涯。

父亲说，他经营过加油站，也做过文化用品批发，还承包过农贸市场，吃了不少苦，但都不尽如人意。一直到我出生那年的年底，他转行经营家电，才如鱼得水，开始了商场游刃有余的阶段。

晚上，一家人像往常一样坐在一起吃饭。父亲问母亲有没有去体检，母亲说身体也没什么不适，不想去。父亲就有些不高兴地埋怨她："你怎么这样？女人这个年纪是找病的时候，怎么不拿自己当回事呢？等你真的有病了，那就晚了。这样，明天子豪让他姥姥看一天，我陪你去体检。啥事都是预防点好，看来你是不病倒了不会主动去医院。"

最近这几年，我发现父亲对母亲特别关心，有时晚饭后还和母亲一起带着我儿子出去散散步，看着两人很相爱呢。但凭我的推断，他们结婚当初是没有太深的感情的，因为一个在沈阳，一个在大连，那时通信和交通也没有如今这么便利，他们结婚前根本没见过几次面。他俩以前不认识，是爷爷去姥爷家串门，见到老朋友的女儿便相中了。他俩虽够不上包办婚姻，但肯定不是自由恋爱后才结婚的，是两位父亲起了决定性作用。

我见过母亲年轻时的照片，那时的母亲穿着细格子系带连衣裙，梳着马尾辫，大眼睛水灵灵的，鼻梁挺而直，额头饱满，太阳穴丰盈，下巴丰满，简直就是爷爷眼中标准的旺夫相。母亲又比父亲大一岁，正所谓"女大一抱金鸡"的最佳组合。所以，爷爷才极力说服姥爷，还把父亲带去给姥爷看。姥爷也对父亲很满意，在这两个老朋友的撮合下，促成了父母的婚事。

我一直暗想，当年父亲肯定是被母亲的美貌所吸引的。而父亲除身材不错外，相貌一般，但他积极上进，有事业心，这点应该是母亲喜欢的类型。母亲又是那种传统的女孩子，所以，他们的婚事才那么容易被促成。但我知道，他们的婚姻也出现过一次危机，那是上次泰国发大水，爷爷回国时候给我讲的。

父母结婚后，父亲把加油站转手了，开始专项经营文化用品批发生意。母亲结婚后就辞掉了在沈阳的工作，来店里给父亲帮忙，但是生意一直不太景气。在母亲怀我八个多月的时候，一场突如其来的暴风骤雨把商店的简易仓库掀翻了，那次损失惨重。

当时母亲已经在家待产了，父亲怕母亲着急上火动了胎气，不敢和她说出实情，就自己挺着。当时，整个仓库物品几乎变成了一堆垃圾。看着自己苦心经营的商品成了遍地废品，他心痛不已，却哑巴吃黄连有苦无处说，回家还要装出笑脸，应对快要临产的妻子。

父亲的低落情绪被另一个大批发商的女儿看见了，她找人帮父亲清理了仓库，把能用的物品清理出来，又经她介绍都卖了出去，挽回不少损失。这是父亲不曾想到的，所以父亲很感激她，在这样的接触中，他们产生了感情。

在这件事上，我很理解父亲。其实男人的内心是脆弱的，男人更难耐寂寞，尤其是在受到挫折或郁郁寡欢的时候，脆弱的内心更想得到异性的抚慰，更想找个透气口。这时，如果那个红颜知己出现了，他们便会不顾一切投入进去。又因为当时母亲怀有身孕，已经快要临产，夫妻长期不能有亲密接触，这也是他们情感危机的诱因。

现在我明白：丈夫的出轨，妻子是能够察觉到的。父亲的外遇后来被母亲发现了，母亲沉默了一天，她没哭没闹，也没和父亲理论，只是给父亲留下一句话："儿子我带走，你自己看着办。"她抱起三个月大的我，登上开往沈阳的火车回了娘家。

奶奶和母亲感情很好，虽然宠惯了小儿子，但知道缘由后，还是给父亲一顿数落，又跟爷爷说了实情。爷爷当时非常生气，他带着父亲追到沈阳姥爷家，让父亲给母亲赔礼道歉，接我们母子回家。

爷爷告诉我，来到姥爷家我父亲一声不吭，爷爷就当着众人的面给了父亲两巴掌，又踢了两脚。父亲还是没有给母亲赔礼，但是他在众人面前给姥爷跪下了，他向姥爷请罪，说知道自己错了，向姥爷保证，今后好好过日子。姥爷不发话，父亲就一直跪着。最后，还是我母亲心疼自己的丈夫，她过去拉父亲起来，姥爷这才露出了笑脸，原谅了父亲。

那位阿姨也不想破坏父亲的家庭，她没有为难父亲。后来她去了美国，又听说定居新西兰了。

我总是想，父亲那次出轨，应该是他真正的恋爱，是他们在接触中自然而然产生的感情，而不是由外表的吸引以及父母之命走到一起来的。他们的情感是两颗年轻的心碰撞出来的火花。只是，对的人没有在对的时间相遇罢了。

有时我也在想，也许是因为有了我，父亲才为了家庭的责任而放弃了他真正爱的女人，我是父亲的"祸星"，是我破坏了他真正的爱情。否则，他怎么会像对仇人一样，对自己亲儿子下得了那么狠的手呢？如果是这样，那对母亲又有些不公。不过，现在我看父亲倒是真爱母亲了。

四

嘉怡在叔叔的公司任常务副经理，就是替叔叔对公司进行全面管理。春节期间公司不忙，她多休息几天没问题，我们已经决定带儿子去曼谷，陪爷爷过个四世同堂的春节了。于是我们开始购物，办理出国手续。

我爷爷很喜欢晚辈，对我和堂哥都很好。我有儿子后，他每次打电话回来都要问问孩子的情况，孩子很小的时候，就咿咿呀呀地在电话里叫"太爷爷"，从说话的声音就能听出爷爷的喜悦。上次回国，爷爷总是抱着我儿子，掩饰不住的疼爱。

我堂哥今年快三十岁了，可他还没结婚，玩心仍然很重，而且没有固定的女朋友。我觉得泰国大城市的年轻人结婚更晚，堂哥的朋友中，三十几岁没结婚的有好几个。和他们比，我和嘉怡结婚实在是太早了。

嘉怡和我同岁，她大我两个月，我们从小到大一直是同学。因为父亲和叔叔的关系，嘉怡也常随叔叔来我家玩，她是那种有点腼腆又爱学习的乖乖女，大人都喜欢她。而我从小就好动，奶奶总叫我"淘气包"。一次我不听话的时候，奶奶说："一天没有老实的时候！看人家嘉怡多好呀，文文静静的。孙子呀，你就不能向人家嘉怡学学吗？"

我就回答说："谁让她是女孩子，她是男孩子也这样。"

一听这话，奶奶就又开始叨念了："李家就这命，到你这辈儿六代没有女孩儿了。看吧，以后你生的也都是臭小子。我这辈子呀，总想有个女儿，可生了两个都是儿子。你妈生你难产，吓得不敢再要了，你伯母那个泰国女人，我更是指望不上。也许我这辈子不但没女儿，连个孙女儿都不会有了。"

我就告诉奶奶说："也就嘉怡这样，我们班好多女孩子都叽叽喳喳的，也跟我们一样淘气。女孩子还爱哭，有啥好的？没有就没有，我才不喜欢女孩子呢。"

还记得刚上小学的时候，一天，嘉怡和我一起写完作业，她就翻看我的故事书。她很羡慕我有那么多的书，坐在书柜旁一本接一本地看。

奶奶就问她："嘉怡呀，学习这么用功，将来想做什么呀？"

她就很认真地回答，说她妈妈让她好好学习，然后去美国留学。她还瞪着大眼睛一脸严肃地说："美国美丽，先进，有钱。我要去美国上学，然后赚好多钱给妈妈。"

我听了不以为然，不屑地说："美国有啥好的？美国还有吸血鬼呢，你不怕吸血鬼咬断你的脖子，把你的血都给吸干了？美国到处都是坏人，坏人还有枪，还会开枪杀人。我才不喜欢美国呢。"

听我这么说，她就很胆怯地凑过来，问我："小龙，你说真有吸血鬼吗？"

我生气且大声地说她："谁让你叫我小名儿的？我叫李翰翔。你再叫我小名儿，我也不叫你白嘉怡了，叫你'大白菜'，到学校就这么叫！"

"不了，不了。"她急忙答应。接着又急怯地问："小龙……哎呀不是，不是……是李翰翔。"她摆着手，焦急地更正。我看她吓成那样就没和她计较，她就眼巴巴地看着我问："李翰翔，你说，是不是真有吸血鬼呀？"

看来她真害怕了，我就肯定地说："当然有了。不过你不用害怕，中国没有，吸血鬼是美国人，都在美国呢。"

她就很认真地点头，说："哦，那看来还是中国好。"

我为自己的胜利感到鼓舞，就继续大声说："当然中国好了。就连孙悟空、唐僧取完经还回中国呢，他们都到天上去过了，天上都没中国好。你再看我奶奶，她出国不是又回来了吗？爷爷说他以后也要回来的，说落叶归根的时候就回来。中国最好了。"

她就重重地点着头，说那就不去美国了，又习惯地伸手来摸我的脸。那天我让她摸了，她曾说喜欢摸我的酒窝。

嘉怡的学习成绩一直很好，到了高三的时候，她真的要去美国读书了。而美国对我一点吸引力也没有，我喜欢香港，想去香港读大学。虽然我清楚内地就那么几个名额，凭我的成绩是考不上的，但我知道，凭父亲的能力我是能如愿的。

父亲得知我的心思后说，只要我成绩达到一本线，他就能让我进入香港大学，他还要奖励我一辆轿车，可以自己选；够二本线，能进学校，但奖励没了；如果考个三本或专科，自己爱上哪儿上哪儿，他就不管了。所以，高三这一年，我真的开始用功读书了，我喜欢轿车，从小就非常喜欢。我想理直气壮地让父亲给我买辆好车。

嘉怡良好的学习成绩一直保持着，叔叔也开始给她联系去美国读书的事。后来，嘉怡见我主意已定，她却改了主意，也随我报考了香港大学。

当时我就想，这女孩子真是善变，从小就说要去美国读书，可到了最后关头，竟然变卦了。女人做事真是没有个谱儿。

再到后来我才明白了，嘉怡做事不是没谱儿，而是太有谱儿了。原来，她早就爱上我了。

我父亲和叔叔虽然是从小的朋友，但两人无论性格还是处事方式都截然不同。父亲是循规蹈矩的生意人，就像那种一招一式都按套路出手的名门大侠，他在商言商，走得正，行得直。而叔叔行事却和父亲相反，没有套路就是他的套路。他总是凭聪明机智随机应变，喜欢四两拨千斤。

父亲按部就班做自己的生意，不想和政治挂钩，从不媚官，一切按规矩办事，即使有难处，也要硬撑脸面。他更不想结交社会上三教九流的人，似乎有一股贵族气。而叔叔却交友广泛，五花八门各行各业都有朋友，和政府有关部门也打得火热。他说这是人脉资源，是无形的资产，有资源就有用得着的时候，熟人好办事，这是中国特色。

父亲和叔叔虽然处事风格不同，但有事总是一起商量，彼此最为信任。叔叔也知道自己文化底子薄，生意做大后，他也开始看一些管理方面的书充实自己。他说，不学习跟不上形势了，公司规模越来越大，招聘来的员工素质越来越高，给这些大学生当老板，你没点真本事镇不住他们。

2007年年初，叔叔已经有了一定的经济基础，他还想扩大生产规模。当时，政府各部门都在招商引资，为了吸引客商，制定了一系列优惠政策。

叔叔看准时机，想要灵活利用这些政策。经过缜密思考，他给自己制定了今后发展的三个举措：首先，充分利用政策的有利条件，找一个托底（信得过）的人，以外地客商的名义前来投资，低价买下一块地皮。其次，等地皮拿下来，再用这块地皮连同厂房做抵押，到银行贷款。第三，用银行的贷款建新厂房、添新设备，扩大生产规模。企业由此脱胎换骨，走上一个新的台阶，拓展更大的市场。

那天叔叔来我家商量此事，父亲对他的所谓举措不置一词，认为他心术不正，是在钻政策的空子。

而叔叔却说："这是灵活解读政策！凭什么外地人给吃饺子，自家人就给喝稀粥啊？不是一直强调发展民营经济吗？发展民营经济，首先就要以发展地方经济为基础。可现在政府各部门为了完成招商引资的任务，竟然为外地投资人提供各种优惠政策，这不是常理说的'近水楼台先得月'，反而成了'外来的和尚好念经'了。难道本地企业就不安置下岗人员了？本地企业就不给国家上缴利税了？这就是玩政治游戏，是在搞政绩工程。他'道高一尺'，咱就'魔高一丈'！我白三儿就和他们玩儿了。"

父亲严肃地问他："你想过没有，到哪里找那个'托底'的人？现在商业欺诈有多少，你知不知道？大张旗鼓地招商引资，别人都看着呢，那是要白纸黑字落下字据的，你可别弄巧成拙，让人给吞了！那就不是偷鸡不成蚀把米的问题了，你这些年的奋斗，也许就都付之东流了。你想过这有多严重、多冒险吗？做好现在、稳扎稳打就行了，想那些歪门邪道干吗？"

叔叔听了这话不屑地笑了，露出一脸的狡黠，说："哥哥，这个人选这么重要，你说我能不深思熟虑吗？现在我已经有目标了。我厂里工程部有个小伙子，他的远房大伯是个房地产大老板，我和这个大老板见过一次面，彼此印象不错，还谈得来。我可以请这个老板协助一下，就是用一下他的名声，说他扶持侄子创业，把投资权交给他这个侄子，一切都由他这个侄子出面。这个老板呢，只是摆个样子走个过场，让他和我演个'双簧'。我是他侄子的老板，又不能亏待他，他找都找不着这样的好事。话又说回来，谁不了解我白三儿是什么样的人呢？吞我？我量他小子有贼心，也没那个贼胆儿呀。而且，表面上我也要投资入股的，只是股份比他少点而已。"

那时候我还在读书，对他们的争执不太用心，但我也觉得叔叔说得在理，是政策有问题。都一样投资，为什么外地人就有那么多优惠政策，而本地人却得不到一点实惠呢？政府不扶持本地企业，却想方设法到外地拉拢客商，如果都这么干，本地有钱人不是都到外地投资去了吗？像这样你来我往画了一圈，看着倒是轰轰烈烈，但国家并没有得到经济效益，只是给那些地方执政者带来了所谓的政绩名声罢了。

我认为叔叔能够灵活运用政策，这不叫钻政策的空子，也是叔叔聪明。正所谓"上有政策，下有对策"，我赞赏叔叔。

叔叔抓住了那次机遇，虽然在运作时遇到的困难比想象的艰巨得多，但还是按照既定方案有惊无险地走了过来。

2008年春，叔叔的新公司已经初具规模。一年来，他为了新公司耗费了太多精力，人也瘦了一圈。

5月12日，本应是一个平常得不能再平常的日子，但就在那一天，因为一个地名，这一天就变得不再寻常。5·12汶川特大地震，震撼了全国，惊动了世界，很多国家都派来救援队到灾区救灾。印象最深的，就是俄罗斯最先派军用直升机载着救援人员和急需物资直飞灾区，中俄关系之好不言而喻。全国人民更是以各种方式协助灾区抗震救灾，政府、机关、学校、企事业单位,乃至街道个人都积极捐款救灾。

这一年,我父亲新开的影视器材商城刚刚营业,资金周转困难,但他还是拿出八十万,郑重地捐给红十字会,以表一位普通商人的一片爱心。

叔叔的新公司厂房已经建成,正在组装德国全套生产线,组织原材料准备试生产。为了这一天,他可以说是呕心沥血,不但贷款几千万,又从朋友处东挪西凑借了近千万,处处用钱,一提钱他就头疼。

但是,这次的赈灾他还是捐了款。他先组织员工募捐,捐多少自愿,他自己带头,拿出五万放到捐款箱。有他做榜样,员工们就比较慷慨,共筹集资金近九万。他又从公司拿出七十一万,和我父亲一样,也准备捐款八十万元。

但出人意料的是,他没有去红十字会,也没有去政府机关或电视台,他带上这八十万捐款直接飞到了成都。他在成都购买了床上用品、婴儿用品、食品、药品等救灾物资,雇了四辆大卡车,拉着满满四车救援物资直奔汶川灾区。卡车上挂着巨大的横幅"大连顺达彩色印刷有限公司全体员工向灾区人民问安!""大连顺达彩色印刷有限公司全体员工向救援人员致敬!"

这一举动被电视台记者抓拍到,各省市新闻都播出了这一画面,叔叔还接受了电视台记者现场采访,他慷慨陈词:"一方有难,八方支援,我们都是炎黄子孙,这是远在千里之外的我们公司员工的一分心意。"

叔叔这回出了名了,大家看了都很高兴,为叔叔能亲临灾区感到光荣和自豪。

而我父亲反应却不同,他对叔叔的做派直皱眉头。叔叔回来时,父亲虽然给他接了风,但还是毫不留情地指出他耍心计,讽刺他别有用心,说他不该借救灾来抬高自己，宣传企业。他还指着叔叔说："就你那新公司还没生产呢，还没十成把握呢，就大张旗鼓吹上了，你这也太张扬了。"

叔叔却据理力争，他激动地反驳道："哥哥，你别老讽刺我好不好？我对天发誓，我的爱心是真实的，我的爱心也一点不比你少。我是穷苦人家出身，那吃不饱穿不暖的滋味我比你更有体会。不过我承认，你说得没错，你就是我肚子里的蛔虫，我干什么都逃不出你的火眼金睛。和真人不说假话，我是利用了这次机会，但我利用的可不是天灾，我只是利用了一下媒体资源。可这话又说回来，我这也不算什么利用，他们那些媒体，不就是抓新闻的吗？我是得到了利益，借机宣传了企业，给自己做了广告，可谁也没吃亏呀，这是一举两得、各取所需、互利互惠的事儿。"

五

继续说我自己。

2005年7月，我如愿以偿地接到了香港大学录取通知书。父亲挺高兴，他没有食言，让我自己选车，我也没客气，挑了一辆新款保时捷。

我从小就喜欢开车，一坐上父亲的车就观察他如何操作，父亲也耐心地给我讲解。每当我坐到驾驶座位上就兴奋，非常自信，觉得一坐在这里人就变得无比高大，有一种驾驭驯服猛虎野兽的威风感。男人爱车就像男人爱看美女一样，应该是骨子里的通病。像刹车、油门、转向什么的，我在六七岁时候就都懂了。

在我小时候，父亲很喜欢我，他常带我参加一些活动，说是让我见世面，所以小孩子怕见陌生人的事于我而言从来没有过。

记得在我八岁那年，爸爸带我参加一个聚会。那天人很多，一个胖乎乎、牙齿黑黄的人讲起话来啰里啰唆，还不时地打着手势。不知为什么，就他那个样子，身边的人还都很恭维他。父亲坐在一边和另一个人低声谈着什么，他们非常投入，根本不理我。我感觉实在无聊，就自己去车里坐着了。过了好一会儿，还不见父亲出来，我就自己把车开走了。

等到父亲出来找我时，发现车也没了，就猜到是我把车开跑了。那次可把他吓坏了，无论我对他的车怎么熟悉，可还是没上过路的。当时吓得他叫上朋友分头找我，我却自己把车开回了家。当时奶奶和阿姨坐在家里，当看见我把车歪歪斜斜地开回来时，简直把她俩吓傻了。

那次我开车上路，家人后怕不已，从此，父亲总是随身携带车钥匙，再也不敢让我碰着了。十年后，我终于拥有了自己的座驾。

高考填报志愿时，嘉怡也随我报了软件设计专业，所以我和她又成了同学。

嘉怡一直是那种文静淑惠的女孩儿，在同学中低调随和，不事张扬。而我却一直是个活跃分子，乐天派，什么活动都愿意参加，在同学中属于"样样通样样松"的那类人。出乎意料的是，在新生欢迎会上，我的一首独唱《奔跑》赢得热烈的掌声，竟然还有女生为我尖叫，气氛异常热烈。我抢了陈昊的风头。先前他的吉他弹唱《单身情歌》已经获得了满堂彩。这样的结果是我没想到的。我猜想，也许我的声音和相貌里有北方男人粗犷的风格，所以这些南方女孩儿才更喜欢我吧。

说真心话，陈昊的吉他弹唱真的不错，尤其他SOLO技巧娴熟，没有三五年的练习是达不到的。

我唱完时，陈昊对我点点头，抿嘴微微一笑，我也就对他竖起了大拇指，都是同学，以后就在一起玩了，当然没的说。

可是，在后来的接触中，我有了一种感觉，就是这些香港本地学生有一种优越感，自恃清高，他们身上似乎有一种傲气，有点瞧不起内地来的学生。尤其是陈昊，家里条件非常优越，开着宝马，不自觉地流露出一副盛气凌人的架势，有的熟人在学校还喊他"陈少"，他也习以为常。

不久，我们软件设计系和另一个系的新生进行一场篮球友谊赛，本来那天陈昊、吴启明、马子豪、梁佳伟、杨帆是主力，我只是替补，但那天杨帆一上场脚就崴了，我只好顶了上去。没想到，那场比赛我发挥得特别好，大概是我一米八二的身高，在这些南方人为主的场地上占了优势。那天我们险胜。大家异常兴奋，公认我功不可没。当时陈昊更是活跃，提议我们这几个主力队员要喝酒庆功。

来到香港后，我还真没去过哪家酒楼呢，有这个机会，我也想见识一下香港的酒楼什么样，所以也积极响应。我就高兴地说："好啊，这是我们的荣誉，应该庆祝庆祝，去哪里我随你们了。"

陈昊拍了拍我肩头说："东北哥们儿，今天咱吃纯粤菜，带你去个地方见识见识。"

一听他说话的口气，我就感觉别扭，但我没有表现出来，于是就随着他说："好吧，那我就跟你开开眼了。"

陈昊开着他的宝马，马子豪开着他的本田，载着我们去了四星级的丽豪酒店。这家酒店位处沙田城门河畔，是城市度假酒店，环境确实挺清幽雅致的。酒店背山临海，尽收山清水秀之风光，有别于烦乱喧嚣的闹市。这里有五个餐厅和一个酒吧，我们几人在服务人员带领下，来到富豪轩餐厅。

这个富豪轩是高级粤菜食府，装修富丽堂皇，甚是气派，有一种"店大压客"的气势，没见过场面的人真会被震住。几人落座后，陈昊靠在椅子上，跷起二郎腿，不紧不慢地说："李翰翔，今天比赛能赢，你立了大功了，咱们出来了就好好喝一顿，我们几个本地生请你了。你也别客气，你就说说想吃什么吧，这里粤菜是最地道的，带你来是让你尝尝鲜的。还有想喝什么酒？你能点出来的咱就能上，你可别错过这样的机会呀。嗯？"

说完，他又看了看那几位，然后向我这边探了下身子，接着说："哎，要么，咱把小妹叫来，让她给你介绍介绍？省得你点'小鸡炖蘑菇'。"一听这话，另几位都忍不住笑出了声。

看来这几个香港仔拿我当乡巴佬了！我最看不惯他们这种自高自大、盛气凌人的派头。

既然架势拉开了，那我就只好迎着上了，我向来是那种不惹事但也不怕事的主儿，还真没让谁震慑住过。于是，我也往椅背上一靠，双臂交叉在胸前，不急不慢地说："不就是点几个粤菜吗，还用得着叫别人来介绍？真是小瞧人了。不过，你说的'小鸡炖蘑菇'，那是我爷爷的爷爷那辈人在世时吃的东北名菜了，我们东北人现在吃着也还不错。至于那些个什么鲁、川、粤、闽、苏、浙、湘、徽等八大菜系，咱也多少品尝过一些。几位既然这么给我面子，那我就恭敬不如从命，今天可是你们让我随意点的，那我就不客气了。"说完，我又看看他们几位，问道："那我这就点了，行吗？"

几个人都抬着脸，用眼睛示意我开始。我叫过来服务员，伸出左手，用右手掰着左手的手指头，说："听着，那就来个蚝煲、风沙鸡、泰式沙田章鱼烧、家鸡煲鱼翅、龙虾、大闸蟹。"我就这么边说边用手指记着数，并用眼睛余光扫视着几个人，只见他们几个脸色由开始的漫不经心，慢慢变得严肃起来。我并不在意，又接着说："再来个鱼胶汤、茄浆三文鱼腩、腰果炒羊柳、西兰花伴牛排、甜菊莲子羹、酱椒炒花猪肠。"说完，我把手放下来，说："好了，就这些了。六个人十二道菜，差不多了。"

在我说话的时候，就见陈昊已经坐直了身子，他又在下面用手捅身边的马子豪，偷偷使个眼色。我刚说完，马子豪起身就要出去。我指着他问道："干吗？干吗？是不是我这个乡巴佬把你们点怕了？几位大男人，不会说话不算数吧？这是什么意思，你们不至于反悔了吧？"

"切！让你说的呢，怎么可能？"陈昊轻蔑地看了看我。

我接着说："都是同学，我想也不至于吧。那菜就这样了。至于酒嘛，怎么说也还是学生，就不要那么多了，来一瓶就可以了吧，我看就来一瓶轩尼诗XO干邑白兰地吧。"说完这句话，当时我就觉得这几位眼睛都绿了。

我知道我点的菜价位不低，可在这里具体多少钱我还真不知道，不过一瓶轩尼诗XO干邑白兰地，据我所知差不多五千。这一桌下来，一万二能挡住就不错了。

其实，我点的这些菜有吃过也有没吃过的，因为粤菜是八大菜系之一，我们大连也有粤菜餐厅。曼谷我也已经去过多次了，华人圈里广东人很多，粤菜也就很普遍，爷爷和堂哥都带我吃过粤菜。

我也真有没吃过的，比如蚝煲和风沙鸡就没吃过，但我听说过。我来之前，也对香港文化、历史、生活习俗等方面粗略地看了一下资料，也看过粤菜介绍，没想到今天用上了。你瞧不起我，我就让你看看瞧不起人付出的代价。

当时我心里很清楚，大家从学校出来的，谁身上都不会带多少钱。我点这些酒菜，他们付不起账肯定心慌，我就想让他们出丑。这就叫"以其人之道，还治其人之身"。

没一会儿工夫，就开始上菜了。几个人坐着都不自在，表面嗯嗯啊啊搭着话，其实各怀心事。就见陈昊在桌子下面和马子豪搞着小动作。一会儿，陈昊坐直了身子开始让酒，马子豪低着头两只手在下面忙开了。

过了几分钟，马子豪电话响了，他起身出去接听。这时我明白了，刚才是在下面发短信求援了。等他返回来坐下没半个小时，电话又响了，还是出去接。这次出去有十分钟，回来时一脸轻松。我就说他："看你吃个饭这么多事，这都进进出出几趟了，还能不能好好坐一会儿？"

马子豪爽快地答道："这回没事了。好好吃，来，喝酒。"

我心想，这是有人送钱来了，看来能走出酒店大门了。现在大家不紧张了，也都放开了吃。

两个小时后，大家酒足饭饱，几个人站起来就要出门。我却坐着没动。我用右手敲着桌子，不屑地说："嗨嗨嗨，哥儿几个回来。我说，把钱放一个人那里好不好？出去一起凑钱结账，丢不丢人！"这几个人相互看看，都咬牙切齿地转向我："你小子看出来啦！"我这才站起身，头也不回地出去了。

结账时，一算，一万五千二百八十四元。服务员给找零，马子豪刚要伸手去接，我摆摆手说："嗨，嗨，那点儿小钱儿，还要什么啊？算小费了。"服务员连忙点头道谢。

当看到马子豪转过那张可怜兮兮的脸时，我实在是忍不住了，边笑边跑出大厅。

六

就是因为我狠宰了这几个香港本地同学一次,他们才知道,原来内地并不是他们想象的那么落后,内地人也并不都是没见过世面的乡巴佬。那天走出酒店后,他们就追问我家世,还问我东北人是不是都和赵本山表演的小品里的人一样?

我反问他们,美国人都像卓别林那样吗?你们香港人,都和周星驰、吴君如电影里形象一样吗?英国人莫不是都像憨豆那样,把刚洗完的蔬菜放到袜子里甩掉水再吃?问这话太没有常识,演员演的和真实生活有多大距离都不明白!

那次回学校后,他们借同学的钱也是我给还上的。正所谓不打不成交,这次之后我们就成了好朋友。当年寒假,他们几个就一起来我家玩了。香港常年气候温热,几个人一下飞机就冻得瑟瑟发抖,当亲眼见到雪时又立刻变得异常兴奋。他们忘了寒冷,用手抓,用舌头舔,你打我,我打你,就像我们小时候在雪地里打雪仗一样疯玩。他们在大连停留了五天,我带他们去了三次滑雪场,平时留在市区也多数在户外活动。那次他们充分领略到了北国冬天的乐趣,现在还总张罗着有空来玩呢。

上学期间并不在意，当离开学校后，才体会到学生时代多么幸福，同学间的感情又是多么深厚。就连同学之间的磕磕碰碰，都成了以后岁月的笑料和谈资。那些过往，丰富了那个纯真时代的记忆，给青涩时光留下了绚烂色彩。

也许是年纪相对偏小，我的大学前三年都是快乐的，整天只知道玩。虽然和女同学关系都不错，大多数女同学也喜欢和我在一起，但我没有真正谈过恋爱，也就没有品尝到恋爱带来的快乐与甜蜜，更没有体会到被失恋折磨得焦头烂额的烦恼与愁苦。我过得简单快乐，无忧无虑。正所谓快乐是件很简单的事，我真留恋那单纯的几年。

可是，就在大学生活最后的一年，我却乱了方寸，因为一件事而改变了我对未来人生以及个人情感的一切美好设想，酿成了无法挽回的后果，这也是我人生的一个拐点。

大四上学期课程已经不多了，很多同学开始找实习的地方，这时候已经有即将分离之感，滋生出"浮云游子意，落日故人情"的情愫。由于现实的无奈，很多校园情侣因为即将天各一方，而抓紧最后短暂相处的时光，尽情享受生活。他们的热烈奔放，也促使很多朦胧的情感开始浮出水面。

说心里话，大学期间，多亏嘉怡在我身边。因为我从小没进过厨房，也没有过做家务的经历，几乎是衣来伸手饭来张口，所以独自生活很不适应。离开家这几年，她常来给我洗衣服被褥，一直像个小姐姐一样照顾我。我们也常会一起出去游玩吃饭，有什么事也会一起商量。但我只把她当朋友，因为两家世交，我们从小一起长大，所以，我对她可以说是一种超乎朋友的亲情，但也仅此而已。同学们也都知道我们两家的关系。可嘉怡却是爱我的，她放弃去美国留学随我来香港，就是为了她的初恋，为了守在我身边。

也许是看很多女同学对我不错，嘉怡从不掩饰我们的关系，后来更不加掩饰对我的情感。有同学直接问我们是不是恋人，我是否认的，我真的对她没有爱意。想追求她的男同学套我话时，我就直言相告："喜欢就去追吧，虽然我们两家是世交，但我和她只是很好的朋友而已。"

大四上学期快结束时，我开始和关系一直很好的女同学刘安琪走得很近。她是那种性格开朗非常活泼的女孩儿，大眼睛，大嘴角，身高有一米七。一段时间之后，我们彼此心仪，却心照不宣，快放假那几天，我们开始频频避开其他人单独见面，我体会到了心灵的悸动和思念的甜蜜。而嘉怡却对追求者一概拒绝，和我更加亲密。后来她似乎觉察到了什么，就常常主动约我出去喝茶、吃饭，总是设法经常和我在一起，还有意在外人面前显出我们关系的不一般。

放寒假的前一天，我和刘安琪明确了恋爱关系，我们把自己和家里的电话都留给了对方。我第一次体验到和一个异性分离时的那种恋恋不舍。

假期我没有出去实习，一直在自家商城帮忙。其实从我十四岁开始，寒暑假就被父亲带到店里做事了。他让我熟悉店里的一切业务。他经营家电商城时，让我从认识家电分类、品牌、型号、价格等开始入门，之后逐渐让我了解家电性能、品牌对比、发展趋势等。我到了高中时，就和售货员一起站柜台学促销，后来，父亲上货、签协议也都带上我，所以我对家电行业很熟悉。

等我到了大学，父亲又开始经营影视器材商城，我又开始接触这一行业，而且很感兴趣，总是主动去那里熟悉各种器材。

初恋的感觉是美好的，心里有了惦念的人，思念就开始蔓延。尤其是静静的夜晚，也会滋生出'明月千里寄相思'之情愫。不过，偶尔也会感到孤独，但我会享受这分孤独，这种孤独带着淡淡忧伤的美，孤独却不再寂寞。我常在夜深人静时躺在床上想刘安琪，心里美滋滋的，甚至脸上都带着笑容。原来，思念是摇曳在心中的涟漪，它给生活增添了温暖的色彩。

刘安琪说假期出去实习了，说工作很忙，没有住在家里。我知道她是个很要强的女孩儿，初到实习单位，一定会好好表现，所以不便打扰她，我们偶尔通过QQ留言相互沟通。

大学的最后一个假期，我是在思念和等待中度过的，我急切盼望开学的日子早点到来。虽然嘉怡常来找我，但我的心里装了另一个人，特别是知道她对我的心思后，就有意与她保持距离，但还是朋友一样相处。

开学的日子到了，我怀着无比激动的心情重返校园，渴望见到久别的恋人。可是刘安琪不但没有到机场接我，就连我到校下了汽车也没见到她的身影。

在班级见面时，刘安琪表现得若即若离，一点也没有我想象的热情。她的反应令我很是失望，我想象不出我们之间发生了什么状况。当时我很生气，也没理她，就自己回宿舍了。但冷静下来，我又觉得不该这么"冷战"，就打电话约她一起吃饭。她却支支吾吾，说和别的同学约好了，出去买东西。我刚刚燃起的热情即刻又被泼了一盆冷水。

翌日到班级时，她对我也和其他同学一样。她嘻嘻哈哈地打着招呼，没有表现出更多的热情，对昨天的事情也不解释，看得出，她在有意回避着我炽热的目光。

与人交往上，我一向不善于主动，性格表面随和，实则是有些孤傲的。我极力控制住自己的情绪，把如火的热情压抑下去。但理智只能控制行动，却无法左右内心，我压抑已久的情感得不到释放，情绪变得有些焦躁。面对初恋的变故，我脆弱的内心受到极大的打击。这是为什么呢？难道我那冰清玉洁的初恋刚刚起步就即将搁浅了吗？情感的煎熬是一种无法与人诉说的痛楚，周末晚上，我独自去了酒吧。

酒吧与迪厅是城市的灰色地带，也是城市的前沿，这里集流行、时尚、奢华、颓废于一体，这里聚集了各行各业带着各种情绪而来的人。这是一个释放情绪的场所，也是上演故事的港湾。我以前很少喝酒，也很少来这样的地方，但那天晚上，我特别想喝酒，我第一次想放开了喝，我想用酒精来浇灌我那刚刚出土便将枯萎的爱的萌芽。

何以解忧？唯有杜康！

我想忘记忧愁，忘记烦恼，忘记爱情，忘记自己！那就来一壶美酒吧！我想一醉方休！

就是那天晚上，酒精撞开了我人生的另一道闸门，也酿成了无法挽回的错误，我的一切美好设想都付之东流。那一天，改写了我向往已久的人生轨迹。

香港的白天，繁华热闹自不必说，这里的夜晚更是流光溢彩，灯火璀璨。那天晚上，我一个人在酒吧里买醉。

不知道什么时候，一个三十多岁的女人坐在了我对面。我已记不清她长什么样了，只记得她端着高脚杯过来，坐在我对面，她举杯对我示意，我们谁都没说话，只把杯中酒纵情地一饮而尽。后来又要了几瓶啤酒一起喝，不知喝了多少，记忆已经模糊了。

那天，嘉怡一直给我打手机，见我关机，就出来找我。等她找到喝得烂醉如泥的我时，已经很晚了。看我醉成这个样子，她不敢带我回学校，就帮我结了账，求酒吧服务生连拉带拖地把我送到离酒吧最近的一家酒店。

那天，我第一次体验到酒精的作用力如此之大。我只感到头重脚轻，已无法控制自己的身体平衡了。胃里也开始翻江倒海，刚一走出酒吧就开始呕吐，弄脏了衣服。

进了酒店房间，我就一头倒在床上。嘉怡慢慢翻转着我，帮我脱掉外衣，可我不小心又把她的连衣裙弄脏了。她先帮我倒水漱口，又把枕头和被子斜放在床头让我躺着。等我安顿好，她才带着我俩的脏衣物到卫生间清洗。

还没等她洗完，又一阵翻江倒海把我从床上拉起来。听见我的声音，只穿着文胸和内裤的嘉怡急忙从卫生间跑出来，抱住了光着上身差点栽到地上的我。两个年轻的身体就这样挨到了一起，肌肤与肌肤毫无阻隔地贴在了一起。

她满脸疼惜，时而叫我翰翔，时而喊我小龙，问我怎么样了，到底哪里不舒服。后来她哭了，问我是不是忍不住了，要不要去医院或找医生来。她的温柔体贴带给了我极大的温暖，她温热柔软光滑如缎的肌肤给了我贴心的安慰，我趴在她的怀里，像是走失的孩子找到了母亲。她给我拍着后背，抚摸着我的额头，用毛巾为我擦拭着身体，极尽体贴，我陶醉于这亲密无间的接触中。

她的疼惜、她的爱抚，都是当时的我无限渴望的温存，这种初次的肌肤之亲，更助燃了一个年轻的男人体内熊熊燃烧的欲火，它烧灼得我失去了理智,本能地要极尽所能,为所欲为。

而一个一直对我百依百顺的女孩儿,不但一直深爱着我,而且已经预感到了外来的威胁,她当然要倾尽所有,爱她所爱。

就是在这样一个错误的时间里、暧昧的环境中、失去理智的情况下,两个二十一岁的青年学生,在午夜酒店房间内,无法阻挡地冲破最后一道防线,开启了人生新的篇章……

七

从古至今,有太多青梅竹马两小无猜的爱情故事为人称道,我也同样被其感动,可一旦真的降临到自己头上时,我却无法解释为什么难以接受。我明明知道嘉怡深爱着我,我也知道她是个很好的女孩儿,在别人眼里,无论人品、相貌,还是家境、学识,她都与我很相配,有那么多人羡慕她、喜欢他、追求她,她都不动声色,对追求者一概拒绝,一心一意爱着我。可是,不知为什么,我就是对她没有心动的感觉。

很多时候,同一件事,我们可以用来安慰别人,却不能说服自己。我知道她是很出色的女孩儿,性格很随和,我的父母和奶奶也都喜欢她。可是,我却从没想过,也无法接受她成为恋人的事实。

次日早上,醒来后的我看到身边的嘉怡时,第一反应就是紧张害怕,知道自己犯下了天大的错误。当时不但胃难受得要命,大脑更是嗡嗡作响。当我抬起半个身子惊疑地看着嘉怡时,她也睁开了眼睛。她娇羞却又满心欢喜地伏在我怀里,叫着我的名字,嘴里不停地说着什么。可我什么都听不进去,只是不停地说:"对不起!对不起!"而且,这时的我,竟然不知道这个对不起的对象是谁,因为我醒来的一刹那也想到了刘安琪。

我知道不是我强迫了嘉怡,但还是觉得对不起她。我们一起长大,尤其是大学期间,她就像我的一个小姐姐一样照顾我,我却和她行了男女之欢,不爱她却给了她爱的错觉;而我心里装着的是刘安琪,却把自己的身体给了另一个女孩儿,更对不起心里的人,即使我现在不知道她为何对我失去了原有的热情。

我惶惶然不知所措,怎么离开酒店的也不记得了。这个时候,我感到自己在这两个女孩儿面前都成了罪人。我的酒后冲动,酿成了无法挽回的局面,这是我意想不到的结果。然而事情已经发生了,我只能硬着头皮往前走。

我默默祈祷事态不要扩大,最好就当一场梦一样过去。那些天,我寝食不安,心乱如麻,第一次乱了方寸。

那些日子,我不敢见人了,一向很开朗的我变得孤僻了,整天沉默寡言,尽量独来独往,不爱和同学们在一起。等寝室的人出去了,我才一个人返回来,躺在床上翻来覆去。我努力避开嘉怡和刘安琪,我不知道该如何面对她们两个人。我经常独自一人发呆,陷入深深的懊悔中。每次不得不和同学们在一起时,我都不敢正视这两个人。

嘉怡来给我洗衣服,我心慌意乱不敢直视她,借故躲了出去。我默默祈祷嘉怡千万别出什么状况,千万别再提这件事了。

但是,正应了那句话,怕什么真的就来什么。一个月后的一天晚饭时间,嘉怡来宿舍找我,说一起出去说点事情。我见她有意背着别人,心立刻就悬了起来。

我跟着嘉怡来到宿舍楼后面的树荫下,她示意我在长椅上坐下。我没坐,让她有话就说。嘉怡看看我,很不自然地低下了头,右手摆弄着左手上的腕表，压低声音说："小龙，我……怀孕了。"

最怕发生的事情还是发生了。一听她的话，我紧张得汗毛都立了起来，怎么会这么准啊！我知道这事我推脱不了责任，但两个人的事却要她一个人承担后果。我对她有满腹的愧疚，我知道一个女孩子要做人工流产肯定会很痛苦。可是又没办法呀，这胎儿必须打掉，因为那是一个错误的行为结下的果实。不但因为我不爱嘉怡，而且我们两人都才刚刚二十一岁，大学还没毕业，怎么能有孩子呢。于情于理，这个孩子都是不该出生的。

但是，嘉怡的话简直令我匪夷所思。

嘉怡告诉我，既然有了，她就要把孩子生下来！

我认为她简直在胡闹，可无论我如何劝解，嘉怡就是不听我的话。我说，既然孩子是我的，你就要听我的建议，我有权利决定该不该留下来。可嘉怡说，若知道我这样的态度就不告诉我了。后来，她还无比激动地说，做不做掉是她的事，不用我管。

从小到大，她第一次没有顺从我，她这么固执己见，真是出乎我的意料。我开始吼她。她哭了，狠狠地说："我想不到你会这么狠心。这事到此为止，不用你管了！"说完，起身跑开了。

我的心烦透了，我不再理她。她也不来找我了。

沉默，沉默……

一天，三天，五天，一周过去了。

这时已经没有课了，同学们都在赶写毕业论文，也有很多同学在外面实习了。嘉怡那边一点动静都没有，我印象中，这是长大后第一次一周时间我们俩没有见面。宿舍里，我的衣服袜子也换下来一堆了。我不主动，她就真的不来找我了,看来这次真要和我较上劲了。我的心开始忐忑不安,真的沉不住气了,看来这次她比我更有耐心,这件事我冷处理是无济于事的,必须主动进攻了。

想不到的是,正在我想要探听嘉怡的消息时,刘安琪却来宿舍找我了。她的到来令我有些诚惶诚恐,这么多天一直没动静,不知她这个时候忽然出现是为了什么。

她见了我,开始也有些不大自然,嘿嘿地笑笑,问我论文写得怎么样了。我见她这个态度就没接话,坐在那儿等她自己说清来意。见我没反应,她就有些尴尬,垂下眼悄声解释说,因为我们地域不同,家庭背景相差悬殊,她父母一致反对她和我交往。她自己也想了很多,认为父母的话不无道理,所以才举棋不定。可现在毕业在即,一想到就要分开了,她就压抑不住自己的情感,所以又来找我了。

听了她的解释,我气愤极了,我高声质问她:"难道这就是你对我冷漠的理由吗?你到底爱不爱我?你爱的是我这个人,和我的家庭背景有什么关系?又怎么会连带到我们所处的地域环境呢?如果真爱一个人,那是愿意随他远赴天涯海角的。我有在乎过你的普通家庭背景吗?我有在乎过大连和香港距离遥远吗?现在都什么年代了,交通还能成为问题?莫不是和你恋爱,还要让我的家庭破产吗?难道我是个穷光蛋就和你相配了?莫不是你父母能够接受的,就只是一个香港本地的穷小子不成?"

我把这些天一直积压的怨气统统发泄到刘安琪的身上,她哪里知道,就是因为她这些无聊的原因,才促使我去酒吧买醉,酿成了今天这样无法收拾的场面。嘉怡那里我还不知道如何收场呢。

刘安琪见我如此激动,从开始见到我的故作轻松,慢慢变得震惊。最后，她什么都没说，捂着脸跑了出去。

真是太无聊了！我只和这两个女孩儿走得近些，可这两个人都让我头疼。女人怎么这么不可思议，这么难捉摸！

可是，无论我如何烦躁，我知道当务之急是找到嘉怡。日子一天天过去，她的肚子也跟着一天天大起来，我想想都怕，我不能任她胡来。

我就到女生宿舍找到了嘉怡，可是一周过去了，她的态度竟然一点没变。当我把她叫到僻静处商量时，她和开始见到我时一个表情，沉着脸什么都不说。我强忍着她的态度，开始摆事实讲道理，好话说了一火车，可她根本听不进去。开始是冷漠，渐渐就可怜巴巴地看着我，吧嗒吧嗒地掉眼泪。最后我急得大声说："你倒是表个态呀！听我的行不行？"

听我这么问，她也生气了，对我大喊道："我早就说了，我就是要生下来！这是我的事，不用你管了！"说完，她转身就走了。

我又出去喝酒，不知怎么回的宿舍，我和谁都不说话，蒙头就睡。可是，我翻来覆去根本睡不着，不能再往下拖了，必须想法说服嘉怡把孩子打掉。心里总想着这件事，迷迷糊糊到次日天光渐亮才睡着。

我一觉睡到早上八点多才醒，思来想去，我决定还是去找她。让她把孩子打掉是当务之急，为这事让我做什么都可以，因为我才二十一岁，我对结婚生孩子没有一点心理准备。我还没毕业呢，我还没玩够呢，我还没参加工作呢，我怎么会有孩子呢？我接受不了马上有个孩子称我为"父亲"的事实。

我虽不算多才多艺，但我热爱生活，至少可以说是潇洒倜傥，我曾对未来、对爱情有过那么多美好的憧憬，即使不能轰轰烈烈地来一场"倾城之恋"，最起码也要充分享受爱情的浪漫与激情啊！我想一点点走近那个心爱的人，在如水的月光下揽她入怀，在茉莉花的清香中紧紧地相互拥抱，那种令人窒息的紧张与激动是我所渴望、所向往的爱情。我愿带着她去登山，去看海，去野外露营，去草原驰骋，去卢浮宫欣赏艺术品，去大峡谷游览自然。我有那么多的设想要和最爱的人一起体验，有那么多的愿望想要和最爱的人一起实现。我想一点点了解她的过去，和她一起建设共同的未来……可是，如果我和嘉怡有了孩子，那我的生活就一成不变了。那不是我想要的生活，不是的！

当我来到女生宿舍楼下时，想不到迎面遇到了刘安琪，她先是要躲开我的样子，可不知为什么，她又返回身满脸怒容地看着我。

我不想和她说话，本想绕过她，可她竟然走过来质问我："李翰翔，你真够可以的，想不到你是这样的人！你真的爱我吗？你爱我怎么会让白嘉怡怀孕？'青梅竹马两小无猜''天生的一对儿'，是吗？你们竟然到了这种地步，做出这样的好事你还有脸来指责我？你真不知羞耻！你好自为之吧。"说完，她狠狠地瞪了我一眼，气呼呼转身走了。

望着她远去的背影，我什么都说不出来，看来现在这已经不是秘密了。现在的我真是哑巴吃黄连有苦无处说了，我承认自己有错，可这事能怪我一个人吗？为什么不问问你自己，你说话不算数，莫名其妙说变就变？你为什么不问问嘉怡，她为什么要把我带到那么暧昧的地方？为什么我喝酒神志不清她也会失去理智？也许当时我只想索取一缕春风，没想到她却给了我整个春天，这个春天竟然还开花结果了！我已经快承受不住了，现在她们却反过来指责我，这都哪儿跟哪儿呀？

这样的局面是我想要的吗？我受的委屈和煎熬又跟谁去诉说？都说初恋是甜蜜美好的，可对我来说，它不但是酸涩痛苦的，而且还稀里糊涂地生出旁枝来，这让我如何承受！

刘安琪你爱怎样就怎样吧，眼下你已经不重要了，我不想也没必要和你解释了。当务之急就是找到嘉怡把孩子打掉，必须打掉！我稳了稳情绪，上楼敲开了嘉怡宿舍的门。

进到嘉怡宿舍一问，我头都大了。嘉怡，她回家了……

现在的我真的蒙了，我想不到嘉怡会这么做，看来这件事要惊动家里了。

从女生宿舍回来，我心里烦乱，忐忑不安。嘉怡回去，这件事就应该会公开了。我现在没有一点主动权了，不知道下一步该如何。

我既盼又怕手机的振铃，我想知道家里的消息，又怕家长打电话责骂我。每一次振动，我心里都紧张得要命，但还要在人前装出若无其事的样子来，虽然已经没几个人在学校了。但是，每次接电话，我还是尽量避开旁人。

五天后，母亲打来电话。母亲很平静，她没有责怪我，只是叫我必须回家。家里知道了我和嘉怡的事，看母亲的态度，家里是要等我回去做个了断了。

现在，我无路可走，必须回家面对事实了。

当踏上归途时，我的心里很茫然。我不知道嘉怡回家是怎么说的，不知道泼辣的婶子会不会骂我，不知道父亲和叔叔会怎么看待这件事，不知道我回去之后嘉怡的态度会不会改变。但我知道，肯定不会有好果子吃，都说脚上的泡是自己走出来的，确实不假，如果没有那次醉酒，也不至于到这种难堪的地步。现在，我的内心脆弱而无助，没有人能给我安慰，我成了罪人，他们只会声讨我。

爱怎样怎样吧，我意已决，无论如何必须打掉孩子。

但是静下心想想，良心又让我自责。本来我和嘉怡一起出来该是我照顾她，哪想到反而是我伤害了她。要打掉孩子，对她来讲身心都要受苦，我无法面对嘉怡、叔叔、婶子。

我深深地陷入伤感中不能自拔，这不是我想要的结果，真的不是。

回家两天了，我没有去见嘉怡。我告诉母亲，孩子我不能要，求她帮我说服嘉怡。但母亲说：嘉怡不想打掉孩子，你叔叔、婶子都在看你的态度呢；嘉怡是我们看着长大的，这孩子性格好，真的挺适合你的，你爸和我，还有奶奶也都喜欢她；既然孩子都有了，我们希望你能面对现实。

听了母亲的话，我简直要绝望了！不仅是嘉怡的固执让我无奈，现在是她父母已经默许，我家人也都支持，看来他们已经达成了统一战线，只有我孤身奋战了。我不能接受这样的事实。

说实话，嘉怡在我心里就是个从小到大的好朋友，更像是个小姐姐。如果她在外面受了委屈，我一定会挺身而出保护她，甚至她男朋友或者丈夫欺负了她，我想我一定会替她出面去教训那小子的。但我从没想过要和她在一起生活，我无法接受她做我的恋人，更别说现在这么小的年纪就要和她结婚生子了。

我堂哥比我大那么多，他连固定的女朋友还没有呢。他说：要好好享受独身生活。现在曼谷年轻人结婚都很晚，堂哥说要到四十岁才结婚呢。而我虽然没想过像他那么晚结婚，但最起码二十五岁前是不会考虑婚姻大事的。可现在，我才二十一岁，还没毕业！

爸爸妈妈都不在家，我到一楼陪奶奶坐了一会儿。奶奶知道我心里烦，她什么都没说，只是让张姨给我拿水果、糕点。中午，张姨还特意给我做了我最爱吃的三鲜馅饺子,可我什么都吃不下。

过了一会儿,张姨带着奶奶出去散步了,我独自坐在家里心烦意乱。我躺在沙发上,猫咪花花慢慢走过来,看着我,然后轻轻一跃,跳到沙发上,它又往前走了两步,乖巧地伏在我的腿上,慢慢摇着尾巴,用脸蹭我的腿。我起身抱起它,它顺从地倚在我怀里。它柔软温热的小躯体带给我一丝温存与安慰,我抚摸着猫咪,想着自己的心事。

我不知道嘉怡现在在做什么,是不是在向她妈妈诉苦呢?她为什么就不想想我的感受呢?为什么这么小就要生孩子呢?爱我的话,为什么还坚持做我不喜欢的事呢?现在的我进退两难,我该怎么办啊……

无意中抬头,我透过窗户看见父亲回来了,他把车停在了大门外。片刻,母亲打开房门进来,我漫不经心地抬头看了一眼,却被这一眼惊得倏地站了起来!只见嘉怡腼腆地跟在母亲身后也走了进来。

我的天哪!原来父母去把嘉怡接到家里来了!父母这是要认她做儿媳妇了?

父亲最后开门进来,三个人都站在门口,三双眼睛和我对视。

沉默。

无语。

这种沉默简直令人窒息,空气似乎都凝固了。见我没反应,父亲的脸更冷了,那是我长这么大第一次看到他如此冰冷的面孔。那张冷漠得有些陌生的脸,看得我心里发毛。

还是母亲打破了僵局,她一只手提着个大包,另一只手拉着嘉怡叫她进来,还喊我接一下,我没有动。他们就向沙发这边走来。就在嘉怡低着头走近我的一刹那,我像被电击了一样反应过来,父母这是认下她做儿媳妇了，可我真的不能接受这样的安排！我不能和嘉怡生活在一起，我不想这么早要孩子！

想到这，我起身冲出房门，拼命地跑了出去。

这是为什么？难道就因为她肚子里有了我的孩子，就要把我和她绑在一起吗？我满腹的委屈和悲伤谁能理解，怎么就不征求我的意见？我什么都看不见，只是沿着马路一直跑，一直跑。我的心怦怦乱跳，耳边嗡嗡作响。跑啊跑，我在大街上不知跑了多远，累得口干舌燥，上气不接下气的时候停了下来。

我一屁股坐在低矮的铁制绿化带隔离栏上喘息，低着头默默地看着眼前的马路。车辆如梭，行人匆忙，杂乱的脚步从我眼前匆匆走过。

如今城市流动人口太多了，操着各地口音的人在这座城市里忙着各自的生活。交通的便捷，已经缩短了现实的距离，这些行人来自大江南北，但都可以找到自己的落脚点。什么他乡游子，什么南漂北漂，现在已经不足为奇了。忽然间，一个"逃"字在我的大脑里闪现，它越放越大，跳跃欢腾。对，逃！逃婚！离家出走，我要逃离这里！

你们认她做媳妇是你们的事，我不接受。没有新郎就不能成婚。也许，这次嘉怡看我态度坚决，就会死心了，就会同意把孩子打掉了。

一旦有了逃婚的念头，我就不能控制住自己，它在我的大脑里疯长着，就像一场春雨过后，在一阵阵春风的吹拂下，那些春笋一夜间便拔地而起一样，来势凶猛，不可阻挡。

走出去，不要回头，离开家就不会有强加的婚姻。我都快窒息了，我已经无法忍受现实的压迫了。

我知道有个老电影名字叫《羊城暗哨》，内容不大清楚，但顾名思义，应该是盯梢的。我觉得我若留在这座城市，肯定到处都有寻找、监视我的眼睛，那是为我父母和她父母通风报信的使者。所以，我必须远走高飞，离开大连。

我清楚，这是一次背离家庭、逃避责任、冒险性很强的出走，但我意已决。

都别怪我，我是逼不得已。不能再犹豫了，我要逃婚！

八

今天是周日,昨晚又睡得晚了些,早上8点多才醒来。卧室里没见到嘉怡,门开着,外面也没动静,知道她应该是下楼吃早餐去了。

我翻了个身,本想再睡个回笼觉,却蒙蒙眬眬想起了商城的事。在我去曼谷之前,要把年货给员工发下去,还要抽时间带他们出去玩一玩,请他们吃顿饭,发红包。正想着,就听见咚咚咚上楼梯的脚步声越来越大,我不由得笑了,知道是小不点儿上来了。

这个小不点儿就是我儿子子豪。当我把儿子的名字告诉同学马子豪时,把他鼻子都气歪了。我说你别生气,这是我爷爷给起的名字,说明你的名字很不错。

这个小家伙儿真的好可爱,我非常喜欢他。我总想,大概是上苍眷顾我吧,在我酩酊大醉时播下的种子,居然没有一点瑕疵。他大大的眼睛,浓浓的眉毛,两个大酒窝和我一模一样。小家伙一岁半就会说话了,从小就不爱哭闹,聪明调皮,帅气机敏。虽说不是花见花开,但也是人见人爱。看到他那乖巧的样子,无论如何,我都为生命中有了那样的一刻而无限感恩上苍。

还没等子豪进来,就先听见他大声喊我了:"爸爸,爸爸,快起床,奶奶让你带张奶奶去医院。"

一听这话,我猛然一惊,忙问:"张奶奶怎么了?"我边问边翻身起来,急忙穿衣下楼。

张姨是我家的保姆,和我们处得像一家人一样,她几乎成了这个家庭的一员,即使家里来了客人,也都是一起吃饭的。我五岁时她就来我家了。她是我舅妈的初中同学,比我母亲大两岁,我一直叫她张姨。

张姨是苦命的女人。来我家前,她和丈夫在老家开了一个小卖部,生意刚刚红火,丈夫却得急病去世,扔下她和两个刚上小学的双胞胎女儿。为了生计,她把孩子留给公婆照看,孤身一人来大连进工厂打工。舅妈说张姨老实厚道,怕在大城市吃不开,委托我母亲关照她。

张姨刚来时在工厂工作,不知怎么得罪了人。同宿舍的一人说丢了项链,找保卫科的人来宿舍搜查,结果在她的枕头下翻出了那个所谓被偷的黄金项链。保卫科的人说项链是贵重物品,这样的偷窃行为至少得拘留,必须移交到派出所处理。就这样,张姨稀里糊涂地被推上车送进了派出所。

张姨哪里见过这样的阵势?已经吓得语无伦次,根本解释不清项链怎么会跑到她的床上的,在派出所哭个没完。后来警察叫她找保人,她这才想起只见过两面的我母亲。可是一着急,我家电话和我母亲的名字又都想不起来了,只说出了我家商城的名字,说和老板娘熟悉,是老乡。

那时我父亲已经有了一定的经济实力和社会地位,派出所的人都知道他,就把这事通知了我父亲。我父母就一起去派出所一探究竟。

派出所人说,其实是很简单的事,一看就是栽赃陷害,偷了同寝室人的贵重物品，还放到自己的枕头底下，哪有那么笨的人啊。最后由我父亲作保，父母把张姨带回了我家。

当时母亲随父亲忙生意，奶奶带我还要做家务，根本吃不消，那么大年纪光整理四层楼的卫生就够辛苦了。母亲一直在找保姆，但没遇到合适的。她见张姨身体很好，又很干净朴实，就有意把她留下来。

母亲和张姨商量，说你人太老实，在外面打工不但吃不开，而且去掉吃住花销，所剩无几。如果你在我家帮我做家务，吃住、生活用品我家都管了，我给的工资肯定不比工厂里低，这样你寄给公婆抚养孩子的钱还能多些，不知你愿不愿意？

一听这话，张姨不但愿意，还非常感激母亲。她说，工厂里的人多数是外地来的，人很杂，拉帮结派的，老员工还欺生。她孤零零的，真不好干。张姨就这样留在了我家。

此后，每年放寒暑假时，母亲就把张姨的两个女儿接我家来住一段时间，让她们母女团聚。那一对双胞胎姐妹长得不一样，一个像母亲，一个像父亲，她俩形影不离。母亲让我喊她们姐姐，我把玩具和书都拿给她们，有时候也和她们玩。每次来我家，我母亲都给这对孪生姐妹买书买玩具，临走还给她俩每人买一身新衣服，张姨很是感激。

我还记得张姨刚来我家时的情形。她开始不敢和我们一起吃饭，她说自己在厨房吃一口就行了，母亲就硬拉她上桌一起吃。母亲说和她算老乡，又是自己嫂子的同学，就当姐妹相处了，她这才坐下。但她还是不敢伸筷子，很拘谨。母亲就说："饭菜每顿都要做新鲜的，吃不完就扔掉，你不吃扔了也浪费了。"

奶奶也说："我们都住在一个屋檐下，你既然来这里了，就把这里当家。我大儿子和你同岁，你们是同龄人，在我面前都是孩子，随便点吧。你太见外了，我也不舒服。"后来她见奶奶和母亲真的把剩下的饭菜倒了，这才敢放开了吃。

张姨来我家时很怕生人，每次家里来客人时，她端上茶就躲到自己房间。和父亲交往的都是些有身份的人，那些人她见了更是紧张。

母亲就告诉她说："工作虽然不同，但人没有高低贵贱之分，这社会人人平等，你不比任何人差，所以你必须得自信。人只要有了自信心就不会怯场，心里才安稳，生活也过得踏实。"

以后家里来了客人，母亲就喊张姨也坐在大客厅里，还让她坐在自己身边。母亲在客人面前叫她张姐，和她很是亲近，客人也就自然对她很尊敬。这样一来，她慢慢习惯了接人待客，也拾起自信，父母不在家时她接待来客也大方自然，不再怕生了。

母亲这么锻炼张姨，首先是为她本人着想的，但我觉得还有另一个意图，那就是怕她唯唯诺诺的样子影响了我的成长。母亲生我时难产，差点要了她的命，我是她的"掌中宝"，她做一切都是唯我第一的。

我母亲很重视对孩子的教育，就连我儿子出生后，她都不让请保姆，孩子交给谁她都不放心，甘愿放下生意自己回家带孩子。她说，小孩子三岁前的教育尤为重要，不要以为他什么都不懂，其实这时候才是做好早期教育的关键时期。家庭成员潜移默化的影响，会贯穿孩子的一生。

为了我们父子，母亲付出了太多心血。在她和张姨身上，我看到了母爱的博大与无私，她们的默默奉献堪称伟大，母亲对子女的付出，做子女的无以为报。

我抱着儿子来到一楼张姨房间，见她斜靠在床头上，母亲坐在床边的一把藤椅上和她说话。

原来张姨喉咙肿痛，已经发烧了。我感觉这一年来她身体比往年弱了许多，看来年纪大了身体确实不比往常，疾病也许要慢慢有了。多亏前些年给员工办理医疗保险时，我也给张姨办了一份，当时我是看她两个女儿经济状况一般，怕以后张姨生病了她们没有能力负担。我想免去张姨的后顾之忧。虽然母亲也随着外面工资的提高，一直在给张姨加薪，张姨也应该有了一笔积蓄，但母亲还是说，即使张姨老了不能做事了，只要她自己不提出离开我家，我们就要养着她。我也想过，如果她老了，我会在经济上关照她的，她老了我也可以给她请保姆照顾她，这么多年，我们的感情就像一家人一样。

知道了张姨的病情，我急忙返回楼上洗漱，又到楼下准备出去时，嘉怡买早点回来了。她喊我去餐厅，让我和张姨都吃点东西再去医院。我说吃不下，她就端着一杯热奶送到我嘴边，让我少喝几口。

嘉怡总是这么疼我。有时我都自责，为什么不能对她再好点？我知道她很渴望得到我的疼爱。为了我，她锁住心门，把自己关在所有诱惑之外，无论我做了什么，她都能独吞苦果、委曲求全、不离不弃守在我身边。在这样喧嚣浮躁，到处都充满诱惑的城市里，由空虚寂寞引发的情欲，比比皆是。她能在近一年有名无实的婚姻中，根植于最初的期许，心怀虔诚，小心翼翼，守住一颗年轻的心，实为不易。她对爱的坚持和忠贞，令我敬重。我清楚她是一个最好的妻子，她识大体，顾全局，忍辱负重，在我们这一代人里，实属难得。

想想结婚前两年，我真的让她忍受了不少委屈和痛苦。她是一个很要面子的人，背后偷偷流泪，在人前还要装出笑脸，我能体会到，她的那种无处述说的苦痛，她为我流了太多的眼泪。我知道自己对不起她。我也知道她很好，我很想爱上她，可我就是很难做到。不知为什么，她就是激不起我太多的欲望，和她在一起，即使心情好的时候，也达不到我想象的热度，我期待的那种入骨入髓淋漓尽致的欢爱，在她身上无法实现。在她面前，我无法放开潜藏的野性去和她寻欢作乐。

而只要我刚对她好一点，她都会欣喜不已。我在她眼里能看到燃烧的小火苗，她便对我更加柔情似水，幸福写满眼角眉梢，她也有千娇百媚的时候。

她总是给我买各种她认为够品位的服装鞋帽，衣柜装得满满的。她还给我买爱吃的水果、糕点，似乎把满腹的情爱揉进了食物中，像对小孩儿一样，她一口一口喂到我嘴里。那时，她的眼神充满母性的柔情，令我心生柔软。

九

　　我喝了几口嘉怡送来的热奶,就带着张姨去了医院。经大夫检查是扁桃体发炎引发的高烧,最近这茬儿感冒都是这个症状。见问题不大,我就和医生说好,带着护士来我家给张姨输液,因为家里条件相对好些,妈妈和嘉怡在身边照看她也方便。安顿好张姨,又把护士送回去,我就去了商城。

　　这个冬天雪很大,上一场雪刚刚清理干净,现在又开始飘起了雪花。据天气预报说,这个冬天全省平均每四天就有一场雪,这种情况近些年很少出现。都说瑞雪兆丰年,也许新的一年会是个好光景吧。

　　我是喜欢雪的,飘飘洒洒的雪花洁白如玉,晶莹剔透,把世界装点得银装素裹,似乎把人的心灵都涤荡得简单纯粹了。我偶尔会故意在雪地上走走,我喜欢听脚踩在雪地上发出"咯吱、咯吱"的声音,笑容就不自觉地浮现在脸上,心亦重返年少时光。这时候,雪地里一对父子嬉闹的身影,便会推开遥远的记忆之门出现在我眼前,那个开朗幽默、待子如友的爸爸,和如今居高临下、严肃认真的父亲相比,我不知哪个更真实?

到了商城，我习惯性地打开电脑看新闻资讯。

看完新闻资讯，我走出办公室，习惯性地在整个楼层走了一圈。当我来到手机部时，见新来不久的李帅坐在角落里鼓捣着什么。这个李帅今年才十九岁，这小子除了懒点儿、嘴滑点儿，还挺可爱的。他身高刚刚一米七，但大大的眼睛、圆圆的娃娃脸，看着就机灵。他嘴皮子很溜，会讨顾客喜欢，业绩不错。因为上班期间规定都是站立服务，他却总是在无人时躲到角落偷懒，我就冲他喊了句："李帅，奖金还要吗？"

他腾地一下站起来，把五官挤到一起，可怜兮兮地对我说："我说少爷，下不为例吧，别那么狠好不？不管怎么说，五百年前咱也是一家子的，一笔写不出两个李字。高抬贵手，高抬贵手，放过哥儿们吧。"

我拿他真是没办法，下不为例多次了。我就说："李帅，就算是一家子，你不偷懒我能说你吗？既然不想挨说，那你也给咱这一家子长点脸啊？你说你，小小年纪一点苦不能吃，就站一会儿还嫌累。"

他摇晃着脑袋委屈地说："少爷，不不，老板。你一出校门儿就做老板，办公室那么一坐，老板椅那么一靠，电话那么一打，然后就坐在那儿巴巴儿数钱了。站立服务，一站就是8小时，你哪里能体会到打工族的苦啊？"

算他还有记性，知道我不喜欢别人叫我少爷。我说："你说你让我说什么好呢？这里一天干净又清闲，夏有空调冬有暖气的，站一会儿你还嫌累了。我告诉你，我打工时比你们吃苦受累多得多，那简直是没法比的。好好干吧，别偷懒还常有理了你。"

李帅提起打工就勾起了我的回忆，回到办公室，我什么也做不下去了，又想起了曾经打工的事。他们哪里知道，我在逃婚的时候吃了多少苦啊！那种苦和累，我自己都不敢想象，那是我永远不会忘记的一段人生经历。

十

当年，父母把嘉怡接到家时我就跑了出来。因为母亲说过，我还不到《婚姻法》规定的结婚年龄，不能履行登记手续，可办婚礼走一下过场也算完婚。我不爱嘉怡，我不能接受这强加的婚姻，所以只有逃婚。因为我对其他城市都不熟悉，想来想去，就又返回了香港。

我坐上返港的班机，看着人连离我远去，我第一次感到恐慌。我对前途一片茫然，并深深地陷入伤感情绪中无法自拔。我怎么也想不到，我竟然会成了离家出走的孩子。

当我随着人流走出香港国际机场时，习惯性地坐上了回学校方向的班车。到了学校我才想起来，宿舍不知道还让不让住了，即使让，临近毕业大概也已经没人了。我踌躇了一下，还是想走进去看个究竟，因为我一时还想不到应该到哪里去。这样一想，我的心就有些忐忑，第一次有了居无定所的感觉。

快到宿舍时，竟然迎面遇到了杨帆。他看见我很是惊讶，上来就给我一拳，大声嚷嚷道："哈哈，好小子，你怎么回来了？还说什么和白嘉怡'没什么'，'没什么'怎么把人家肚子搞大了？你小子真是人小鬼大哈！"

一听这话我就来气，刚想反驳，他又嘿嘿笑着说："老实交代，你小子怎么把大小姐弄到手的？还把人家肚子搞大了，真行啊你。"

这个家伙真是讨厌，他的话狠狠地刺激了我脆弱无助的心脏。我一把拉住他给了一拳，他还是一脸诡异的笑，气得我照着他的前胸又是一拳。这下他知道疼了，刚想反抗，我凶猛地扑了上去。他见我真的急了，就连声求饶说："好好好，你个死烂仔，真下手啊？停停停，算我说错了还不行吗？住手。住手啊！"我这才放过这个坏家伙。

杨帆是南方人，长得高大壮实，性格开朗随和，人缘很好。杨帆说宿舍楼门已经关了，他回来取点东西，被告知要先找宿舍管理员，可他没找到就出来了。他问我吃饭没，我这才感到身体虚乏应该是饥饿造成的，但一点也没胃口。他拉着我说先去他家住下，再把陈昊、吴子明他们找出来一起喝酒，我就随他去了。

晚上，几个人聚到一起，杨帆跟哥儿几个说起我打他的事。陈昊不屑地说："说你小子头脑简单，还总吹牛见多识广，其实你还真就是个雏呢。欠揍。"说完这话，他又看看几个人，故作神秘地说："你就说白嘉怡那胸吧，一看就知道那还是一片没被开发的处女地。他俩从小就在一起，白嘉怡眼里除了翰翔就看不见其他男人，一股非他不嫁的执拗劲儿。翰翔果真对她有意思，她还能像现在这样啊，还是'飞机场'啊？"几个家伙诡异地笑了。他又接着说："前年我对她有过意思，很大原因就是看中这点的。她身材苗条，皮肤白皙，只是该凸的地方还没鼓出来。这么纯的女孩子是珍品，有个好男人开发开发，绝对有味儿。"

真是无聊，又开始瞎掰了。我瞪了他一眼道："没话说了是不？真讨厌！"

杨帆和梁佳伟却趁热打铁，满脸色相地向陈昊请教怎么看处女。陈昊装腔作势地说："我也没什么经验。"几个家伙嘿嘿笑，他又接着说："不过我多数时候是看前胸的，没被男人摸过的女孩儿，前胸即使发育得不小，但那也是榆木疙瘩，死板板的，而且还包得严严的。甚至有的女孩儿会故意含胸，生怕人家注意到她那部位。反之，那些有过经验的女孩儿，不是胸部微挺，就是'波涛暗涌'，还故意展示给你看呢。"几个人又嘿嘿淫笑起来。

马子豪又来了劲，说："来，我给你们讲个故事。说有个穷秀才被一个富家小姐看上了，小姐怕老爹反对，就想先和秀才生米做成熟饭。但是她觉得自己有点缺陷，应该先告知心上人，就羞羞答答地和秀才说自己胸很小。秀才问，那有多大呢，能有馒头大吗？小姐脸红了，摇摇头。秀才又问，那有苹果大吗？小姐又害羞地抿嘴摇摇头。秀才想了想，又问，那有橘子大吗？小姐笑着点点头。秀才就说，行啊，橘子大就橘子大吧。于是，揽腰进屋。熄灯片刻，只听秀才惊讶地问，哪有这么小的橘子呀？小姐含笑慢答：'相公，要知道金橘也是橘呀。'"

接着又是一阵傻笑。这几个家伙真是无聊死了，我起身要走，却被几个人按下。他们都保证说不再开玩笑了，哥几个谈谈以后的日子怎么过吧。杨帆问我有何打算？我说："不知道。现在我一点想法都没有，对我来说，时间就是用来流浪的，生命就是用来遗忘的，我的灵魂却不是用来歌唱的。"

这时的我，不但没心思歌唱，就连灵魂都已经丢到了九霄云外了，我已经准备去当个流浪者了，还讲什么灵魂不灵魂的。

那天我喝了不少酒，陈昊让我先去他家，他家有客房，住下来方便些。迷迷糊糊中，我就这样暂时安顿下来了。可是我出来得仓促，除了皮夹子里的银行卡、身份证和学生证外，什么都没带。第二天我出去买了两套衣服和洗漱用品，这时我才发现，卡里的钱不多了。

从坐上飞往香港班机的那一刻起，我就关了手机，我知道家人肯定会找我的。我不想听那千篇一律的说教，无论怎么摆事实讲道理，目的就是让我接受这个孩子，让我和嘉怡成为"合法夫妻"。就是想给她和她肚子里的孩子一个名正言顺的身份，但我实难做到。

没钱了我想起母亲的好，她总是还没等我向她要，就往我卡里打钱。每次回家，奶奶也会给我一些零花钱。可如今，卡里只剩下不到一千元钱了，这是我近年来从没有过的拮据。莫非家里是要斩断我的经济供给了？

夜深了，我开了手机，电话提示四十多个未接，未查短信十几个。都是家里来的。母亲短信劝我回家，说电话费已充足，让我保持联系。看来他们也知道我没钱了，这是拿定主意不给我汇钱呢。

我决定节省着花，等着看。

三天……

五天……

我第一次花钱犹豫了。

卡里的钱只减不增，看样子父母真的下狠心了，家里是想斩断经济供给逼我回去。但我意已决，不能就范。我第一次感到生存的危机了。我偷偷出去找工作了。现在，我只能靠自己养活自己了，必须自食其力。我要挣钱，我要打工！

我在陈昊家住了一周，再不好意思继续叨扰人家了，就告辞，说要回家。陈昊要送我去机场，我说还有别的事要办，就自己走了。人穷志短，离开陈昊家时，我把仅有的两套衣服和洗漱用品带上了。我知道，那是我今后闯荡香港的全部家当。

香港土地面积虽然不大，却是国际化大都市，这里几乎囊括了各行各业。我徜徉在繁华喧嚣的街头，后悔前段时间没有和同学们一起写简历填申请。现在，我只有靠自己的嘴皮子去自荐了。因为自己没有工作经验，所以只能降低身份。我想，专业技能要求低，也容易上手的应该是服务行业，尤其是家电之类的我很熟悉，我还会开车，找个养活自己的工作应该不成问题。于是，我走进了百货、餐饮、运输等多家单位，但都被拒之门外。有的是不缺人，而缺人的公司满足不了我的要求，说从没见过带着这样的条件来找工作的人。

我开出的条件是每天结账。因为我没有生活费了，不结账我就饥寒交迫露宿街头了。

我找了两天，连工资最低的工作都找不到。这时候的我才感到自己白白读了这么多年的书，也白长了一个好身体，原来走向社会自己什么都不是，不由得内心浮起无边的苍凉。

太阳火辣辣地烘烤着街道楼宇，车辆和行人交织穿梭在马路上。我心思烦乱地穿行在人群中，一张张陌生的面孔在我眼前晃动，那成千上万的面孔下隐藏着无数看不见的秘密，夹杂着数不清的欲望，也许这些人里，有的人处境比我还艰难，遇到的难题比我还要大得多，但他们都能按照自己的既定目标前行。而我，却是如此茫然，我第一次感到自己是那么微不足道。什么大学生？什么富二代？在你穷困潦倒时，这些都是虚妄的。这时的我,没有一点优越感,甚至感到自己就像一粒尘埃一样渺小卑微。

晚上,我在极偏僻的街区找到一家小旅馆住下,想做暂时的安身之地。刚进门时,胖老板娘很热情地招待我。开始我说要住店,她还不相信,说她做点小生意没做什么违法的事,一看我的样子就不是住这样档次房间的人,用不着来她这里布雷子"蹲坑"的。

我说:"我就是来住店的。我家破产了,我是逃债出来的,实在是没钱了才找这样的小旅馆的。"她看了看我的内地身份证,这才半信半疑地接纳了我。

我白天出去找工作,晚上一身疲惫地回来。老板娘一直在观察我,找机会和我搭话。后来我渐渐明白了,她误以为我是内地落马官员子弟了。我也没有解释什么,不但没心思,更是因为这只是一个落脚地,爱怎么想就怎么想吧。

老板娘开始对我热情起来,主动找我说话,让我叫她胖姐。见我晚上带着泡面回来,就给我送来两个煮鸡蛋,这很让我感动。

次日,我刚起床洗漱,就有人敲门。原来,是一个三十岁左右穿着白色T恤灰色短裤的男人。他说是住在这个店里的常客,想介绍工作给我。没想到在这里还能遇到贵人,我就让进来聊聊。他说自己给一个品牌保健品做代理,半年时间就从月薪三千做到一万左右了。这个品牌很有发展潜力。我刚有点动心,想要详细问问情况,忽然从外面传来了"花腔女高音":"该死的传销,怎么又死而复生了!看着怪本分的,我怎么就没看出来你呢?你给我滚远点,少来我这里拉人。赶快给我走人,走!"

一抬头,见是白白胖胖的老板娘,她双手抱肩,靠在掉了漆的门框上，看样子似乎听了多时了。那男人伶牙俐齿，红着脸辩解直销的合法性和好处，老板娘呵斥道："你想让我报警吗？快收拾东西给我滚出去！恨死你们这些害人精了。"那人见胖姐不容他分辩，态度蛮横，便垂下眼帘，从小肉山一样的老板娘面前灰溜溜地走了出去。

真是不走运，怎么会遇到这类人呢？我感到很沮丧。不过，我还是感谢了胖姐，就又要出去找工作了。

胖姐拉住我，神秘地问我，要不要长期住下来，如果想留在香港，她可以帮我搞到香港户籍。我说："我都没钱吃饭了，哪还有闲钱买香港户籍呀？你想什么呢？"

她得意地笑着说："别瞒姐姐了，真人面前不说假话，别以为我没看出来。俗话说，瘦死的骆驼比马大，我知道这点钱儿对于你还是不成问题的。我说弟弟呀，现在你留着钱装穷没用的，买了户籍就是香港公民了。那时你就可以在此长期居住，享受香港公民的一切待遇了，找工作也方便。你如果想出国，很多国家都是免签证的，说走就走，方便着呢。"

我有点不耐烦了，大声告诉她："胖姐，别乱想了。和你说实话，我是逃婚出来的，我真没钱。"

胖姐瞪了我一眼说："瞎掰。"然后又满脸堆笑地拉着我，说她认识的人多么多么有能力，多么多么讲信誉，她已经给办了多少个了，从不拖沓，个个都是一周就能拿到手。还劝我不要到处乱碰壁了，有身份的人给办事不能露面，没有担保的人更不靠谱了，但她有这店铺立在这儿，是最可靠的了。

真是没办法，说真话也没人信了。我无奈地说："我还得出去找工作，别缠着我了。"她拉着我还想说什么，我生气地说："行了！我求求你！你就把我当个'屁'放了行不？"反正我是一天一结账的，我拿起仅有的一点行李，抬腿就走了。

这天傍晚时分，我来到一家位置较为偏僻的小洗车场，见有两个十八九岁的男孩子，穿着高高的雨靴正在擦洗一辆旧款奥迪A6。他们两人头发染得很醒目，一个浅黄，一个棕红，身上都脏兮兮的。我在门外站了一会儿，他们看看我，没啥反应。我想了想，还是硬着头皮走了进去。

老板是个五十岁左右的男人，他的身材不是特别胖，只是肚子大得吓人，看样子腰围能有三尺五六，就像一个将要临产的孕妇一般。身着一件暗红色短袖T恤，被他那大肚子撑得前襟比后身短了一截。看他的样子我暗自发笑，如果他立正俯视，他看到的只能是自己的肚脐眼儿，脚尖是肯定看不到的。

这几天找工作我也有了一点经验。我不能说普通话，找工作要说粤语，这样更容易交流不说，人家会首先以为你是本地人，会更加信任。我上前问好，问老板招不招人。手里正在摆弄一个里程表的老板抬头看看我，又上下打量着我问道："你什么意思？谁呀？"

"就是我想找工作啊。"我回答他。

老板又看看我，笑了，他盯着我说："我说少爷，别开玩笑好不好？就你这样哪像干活的呀？一看就是个养尊处优、衣来伸手、饭来张口的少爷。哎，你说就你这样子往这儿一站，客人这么一看，你说我是老板，还是你是老板了？"

我无奈地说："老板，你别看我像什么，你就说用不用我吧，我真是走投无路才来打工的。你放心，这活儿我肯定能干好的，你再看我这身体，够壮吧？我会用心做事的。只是我有一个条件，必须一天一结账，因为我遇到难处了。"见我这么说,他拿出洗耳恭听的神态看我。我接着说:"我……我已经没有生活费了。"

老板又上下打量打量我,见我不像撒谎的样子,就答应收下我。他的条件是每天工作十二小时,中间给一顿工作餐,可以住在店里的吊铺上,每日工钱一百港币。

我欣然接受。别说一百港币,就是八十港币我也能同意,因为我如果今天晚上去住宾馆,明天就没有吃饭的钱了。也就是说,今晚能混过去,明天就惨了,不但食不果腹,还要露宿街头。看来我遇到了贵人,没让我走到山穷水尽的地步。

从此,一个在大连开保时捷的应届毕业大学生,在香港开始了洗车生涯。

虽然有了落脚点,一日三餐可以解决了,但我的心还是不踏实的。我总想,如果爸爸或叔叔找来了我要如何逃走。我甚至观察了洗车场的地形,想象如果被他们找到,我要如何快速逃离。

那两个染成浅黄、棕红头发的男孩子,一个叫阿楠,一个叫阿昌。我和他俩说话很少,我心情不好是主要原因,再有我也看不惯他们的小孩子做派。他们俩也同样对我敬而远之,开始时我不会干活,都是看着他们怎么做再敢动手。我也不会洗衣服,我的衣服实在洗不干净了就扔到一边,再从另外两套里捡干净些的穿,这也是他们背地耻笑我的原因。

老板姓黄,他没什么事的时候会和我说说话。看我不提,他也不追问我的来路,这点我很感激他。香港人讲究喝茶、品茶,每家都有泡茶的器具。没活儿的时候,黄老板会叫我过去一起喝茶。这期间,我还和他学会了泡茶的技巧。如今,家里人都喜欢喝我泡的茶,晚饭后,我常会给家人泡茶喝。这是我现在做的唯一一样家务。

洗车虽然辛苦，挣得也少，但我终于可以养活自己了，只靠自己的体力，一个男人该具备的最基本的养活自己的能力。

开始的那几天，真有点疲惫不堪，躺到吊铺上浑身酸疼，也许是紧张情绪得到了缓解，放松下来就知道累了。我每天早早就犯困，那么热的天，躺下很快就呼呼睡去。

我劝慰自己，如果我出生在一个贫寒之家，也许早就开始从事这样的工作了，别人能做的事，我也一定能做好。所以，即使开始几天我累得腰酸背疼，也绝不喊累，也绝不惧怕这样的清苦日子。我不会把自己痛苦的一面展示给别人，因为我知道，那无济于事，谁都不会也没有义务因可怜你而帮助你。我知道，现在的我没有任何指望，一切只能靠自己。心情好点的时候，我甚至想过，也许我也可以像很多人那样，从最底层做起，一点点白手起家呢。

一周后，这种难熬的身体不适缓解了，我自己都惊讶我会有如此的毅力坚持下来。看来人的潜力是无限的，没有一定的外因，不到特定时候，不但别人就连自己都想象不到。

我的几套衣服都脏兮兮的，已经和阿南、阿昌没什么两样了，长这么大，第一次穿这样肮脏不堪的衣服。但我心里清楚，此一时彼一时，我现在没有资格和条件再注重外表了，一个洗车的穷小子谁认识你呀，无所谓了。不过，黄老板对我很好，他相信我家境殷实。他说过，想不到一个少爷真能坚持下来，这还真不易。我只是笑笑，什么都不想说。

在这里住了一段时间，渐渐熟悉了周边环境和人群。我发现，洗车场东面不远处住着一对捡废品的夫妻，年纪都在六十岁上下。男的较瘦，不过看样子身体还好；女的脸色很白，是那种病态的白，看样子身体很虚弱，右腿好像还有点残疾。男的一般出来很早，每天都能在车场门前路过几个来回，他手里拿着个大编织袋，总是空着袋子出门，装得满满的再回家来。女的不常出来，偶尔出来时，手里会拎着个方便兜，遇到汽水瓶、废纸壳之类的东西就捡起来，散步似的做一点营生。

他们二人衣着老旧，但都很清洁合体，面色坚定，不卑不亢，从不让人感觉讨厌。洗车店有什么汽水瓶、包装箱之类的，黄老板会喊他进来拿走，他总是很客气的样子。

刚来时，我会把喝完的汽水瓶扔在门外墙根处，他看见了从不主动去拿，总是我示意后他才拿走，每次都会对我轻轻点头致谢，让人心里很温暖。

时间长了我发现，女人几乎每次出来，都能遇到回来的男人。他会接过她手里的方便袋，放慢脚步迁就着她，她也很顺从地跟着他往回走。有时两个人说说话，有时根本不说话，就那么自然地走在一起，但从他们的眼角、眉梢处能看出一种默契，两人就那样肩并肩地走在回家的路上，满载而归的样子。

我常会看着他们的背影发呆，真的很羡慕他们。如果让我选择，我宁愿舍弃富有的生活，去跟心爱的人过清贫的日子，那种精神的富足，是任你多少金钱都不能买来的财富。

这天，我正一脸汗水满身油污地擦车，忽然有人在身后笑道："行啊！我们的李家大少爷在擦车了。说说，什么感觉？"我猛然回头，发现叔叔抱着胳臂站在门口冲我冷笑。爸爸两眼喷火，手里拿着一截木棍向我冲来。我本能地抬腿就跑，但脚下像是被强力胶粘在地上一样，我向前俯冲着摔倒下去,身体跌进修车沟里。我"啊"的一声大叫,竟然喊出了声。原来,这是一场梦,惊出我一身的汗。

梦醒了,我也睡不着了,拿起手机看了看。其实,我每天夜里都会开机看看,想知道家里的情况,我也很想妈妈和奶奶。出来快两个月了,我只能在短信中了解一点家里的情况。

嘉怡发来短信,说她往我卡里打了钱,让我千万别难为自己。可我即使再难,也不会花女人的钱。我没回信息,也分文没取她汇来的钱。

十一

离家出走，我心里最惦记的是奶奶，近一年她住了两次院了，我出来时她身体就不好，现在病情更是加重了。两个孙子中，奶奶特别偏爱我。小时候，堂哥放假了偶尔会来我家住一段时间，两个小孩子在一起，常会因为争玩具、玩游戏而吵架。可无论谁错，奶奶总是首先说哥哥。奶奶总是告诉他："你比他大，做哥哥的必须让着弟弟。"

那时候听了奶奶的话，我就把奶奶的话当成了挡箭牌。渐渐地，堂哥也主动让着我了。现在想想，其实小时候多数是我不懂事，是我太争强好胜了，其次也是出于我怕家长把爱分给他人的小孩子心理吧。不过，哥哥让着我似乎已经成了习惯，直到现在，我每次去曼谷，他都亲自开车去机场接我，带我出去玩，领我去吃没吃过的东西，把他的朋友介绍给我。我每次去都会住一段时间，他从不让我来回带衣服，去那里就换他的衣服穿，喜欢的随便拿走。

堂哥和伯伯开着一家4S店，平时住在店里，只有我来了他才回家住。我一向睡得晚，有时半夜饿了，家里的食物不爱吃，我就会喊他，让他出去给我买消夜吃。有时他会给我买回来，有时就带我一起出去吃，反正每次都能满足我的要求。

我嘴上欺负他,心里还是为有这个哥哥而温暖着。堂哥的汉语还没有英语说得好,他的母语是泰语。我和他在一起说话,总是汉语、英语、手势一起来。

在我十八岁那年,爷爷回家时,奶奶软硬兼施,让爷爷把他在青泥洼桥商业区三个商铺的产权全部转让到我的名下。那时候,爷爷已经结束了在曼谷的木材生意。爷爷说,两个儿子生意都很好,后代不用他再操心了,他要办个东北同乡会,退休了专心做慈善,也是为后人积德。

那天,我正在爷爷奶奶房间里,奶奶就说:"既然不想赚钱了,就把家产传下来,小龙是纯正中国血统的孙子,国内固定资产必须给他,不能把家产给了外国人。大儿子能把自己房子卖了,轮到孙子辈儿就更保不住了。"

我从没想过要爷爷的财产,对这个不感兴趣,看爷爷当时有些犹豫,就起身离开了。后来,爷爷还是顺从了奶奶的意思,没和两个儿子商量,就直接把商铺产权过户到了我的名下。

爷爷把一笔数目不算小的资产都给了我,伯母自然就有意见了。有段时间,她很不高兴。不过,伯伯和堂哥倒是什么都没说过,他们认为爷爷有权利支配自己的财产,给谁不给谁别人无权干涉,所以对我依然如故。

每天收工后,洗车场就剩下我一个人,我躺在吊铺上,思念亲人,想着自己的处境。我每天弯着腰爬上爬下,坐在吊铺上,伸个懒腰,手就能摸到顶棚。吊铺三面封闭,只有一面通风,挂着一条旧纱帘。

香港的仲夏,骄阳似火,白天三十五六摄氏度的高温是家常便饭。因为热气上扬，所以睡吊铺更是闷热。我把一个小型风扇拿到吊铺上，吹出来的却是热乎乎的风，只是能感到空气更流通一些罢了。为了安全起见，我入睡前就会把它关掉。我前胸后背不但稀稀拉拉生了痱子，还被蚊子咬了几个红包，痒得要命。

夜深了，万籁俱静，一切都平息下来，所有的纷扰都隐退在夜的背后。这时，谁的灵魂清醒着，谁的心里就是负累的。午夜是人的内心最脆弱的时刻，透过窗口，望见一弯残月挂在天边，那月宫仙子看似美艳，可她的孤寂凄惨谁又能了解呢？

远处隐隐约约传来汽笛声，不知是远航的人归来，还是岸上的人又要离去。独自感伤的我，在他乡望月兴叹，这样的日子是我以前做梦都不曾想过的呀。

忽然，听见有小"轰炸机"在耳边嗡嗡作响，我急忙坐起身，拿过手电筒在四周查找蚊子的踪影。这狡猾的东西，见到光亮就隐匿了，让我白白劳神费力。看来，今晚又要牺牲点鲜血了。

这一折腾，我又睡不着觉了，翻来覆去了好一会儿，竟然蒙蒙眬眬想起了那首凄凉的歌曲："离家的孩子流浪在外边，没有那好衣裳也没有好烟。好不容易找份工作辛苦把活干，心里头淌着泪，脸上流着汗。离家的孩子夜里又难眠，想起远方的爹娘泪流满面……月儿圆啊又过了一年，不是这孩子我心中无牵挂，异乡的生活实在是难。"

这首歌，我听过无数次了，自己也唱过，但从来没有用心体会过它的内容，我只是把它当一首流行歌曲来欣赏的。而今天，在他乡不眠之夜想起来，我真的泪流满面了，这简直就是为我所写的呀。常言说，孤独出作家，愤怒出诗人。我想，这首歌的词曲作者，肯定是有过亲身感受吧。

7月初的一天下午，一位三十多岁开着老旧本田轿车的车主，急急忙忙拐进洗车场，说他有急事，最好五分钟之内就能把车清洗干净。这么又脏又旧的车，五分钟清洗干净还真不容易，我和阿昌、阿楠就一起忙活起来。我们刚把喷枪对准车身，车主就在座位上大喊。原来他左侧的车窗没有关严，水压很大，喷到了他脸上。车主下车张口就骂："烂仔！你们没长眼睛啊？该死的！一群废物。"

我们三人一起申辩，说他那么匆忙，没关严车窗是他自己的问题。可他还是比比画画凶巴巴地骂个不停，引得过路人都扭头观看。最后，黄老板满脸堆笑出来打着圆场，又拉他过去喝茶。

顾客至上，难道干活的就得当孙子吗？没遇到过这么不讲理的人，自己着急不慎重，怎么能怨别人呢？竟然还出言不逊，真是狗眼看人低。越想越来气，我正要和他理论，就发现一辆白色轿车在路边快速倒车，然后戛然而止。我们都扭头看过去。

慢慢地，车门开了，梁佳伟瞪着一双惊奇的小眼睛走了出来。

完了！即使在这么僻静的地方，还是让熟人看到了。我立刻有一种想逃避的冲动，但已经躲不开了。现在的我一脸汗水满身污渍，落魄得简直没个人样儿，竟然遇到了同学。今天怎么这么倒霉！真是虎落平阳被犬欺，凤凰落毛不如鸡。太丢人了！我李翰翔怎么会沦落到这种凄惨的地步！

我咬牙切齿喘着粗气，狠狠地瞪了梁佳伟一眼，转身就往车场里面休息室走。

"翰翔？真的是你呀！翰翔！"他嚷嚷着，一溜小跑跟了进来。

我不想解释，怒气冲冲地转过身，指着他的鼻子警告他："承认我是朋友，就不要把我的行踪告诉白嘉怡！也不要告诉那帮哥们儿。否则，我马上离开这里，而且再不会认你们这几个朋友了。"

他见我情绪激动，就举起双手，满口答应我的条件。可他还是赖着不走，磨磨叽叽劝我跟他走或者回家也行。我告诉他："少管闲事。你赶快离开这儿，我生活得很平静，不要来打扰我。现在我谁都不想见！走远点，都给我远点！记住了，我谁都不见！"他见我什么都听不进去，只好悻悻地走了。

他走后我想了很多，他会不会告诉其他人呢？我要不要再待在这里呢？我离开这里再找其他工作？可我连一身体面一点的衣服都没有，现在这个样子去求职，谁会雇用我呢？还是在这里凑合吧，实在混不下去了再说。

还好，一周过去了也没发生什么事儿，看来梁佳伟说话还算话，真没把我抖出去。我的警戒也就放松了许多。

在第八天上午十点多，我和阿楠从黄老板面包车上卸下一大捆新买来的水管时，感到背后似乎有一双眼睛在看着我。我疑惑地转过身来，发现在不远处，那双夜里出现过无数次的眼睛，正死死地盯着我，泪水打湿了悲伤的面颊。

天哪！白嘉怡？

只见嘉怡穿着一件宽松的白色休闲连衣裙，脚下是一双白色平底凉鞋，正站在马路边看着我。汗水已经把她的刘海儿黏在额头上了。那一刻我恨死梁佳伟了！

心软是我的致命弱点，我见不得女人流泪，更见不得她千里迢迢来找我。我看着站在面前默默哭泣的嘉怡，还是心疼了。我发现，她的身材已经有了一些变化了，虽然裙子宽松，但分明看得出腰际发圆了。我看看她，刚走两步，就似乎听见有个声音在提醒我：你是在逃婚，你就这样放弃了吗？

是呀，我那么坚定地逃出来，吃了那么多的苦，付出了那么大的代价，难道就让她的泪水把这一切努力化为乌有吗？她这么哭哭啼啼就是为了感化我吧？不，坚持住，我不能屈服。也许，这是考验我们两个人耐力的时候，谁能坚持住，谁就是最后的胜利者。或许看我态度坚决，她就会死心，孩子就可以打掉，那我就不用和她结婚了。

嘉怡，原谅我不够仗义吧！我不能拿我一辈子的幸福做赌注，我什么都能答应你，唯独在这件事上不能满足你。我不怕你说我狠心，骂我浑蛋，因为我不爱你，我就是不想违背自己的内心意愿和你在一起。再说，我这也是对你负责，对婚姻负责。

量小非君子，无毒不丈夫！嘉怡，对不起，今天，我就做这个恶人了！想到这里，我咬牙没理她，转过身去做自己的事。

嘉怡却慢慢走过来，站在门外，叫了一声"翰翔"。

我像没听见一样，低着头继续手里的工作。阿楠、阿昌都看着我，又看看她，不知如何是好。他们一边干手里的活，一边偷偷地察言观色。黄老板走过来捅捅我，我冷着脸没回应。

嘉怡无声地抹着眼泪。黄老板用眼睛凶了我一下，回里间拿了把椅子，挑个干净点的地方放下，示意嘉怡坐过来。他又回里屋端了杯茶出来，递到嘉怡面前。她起身鞠躬致谢。这一切，都在默默无语中进行着，空气凝重，闷热的空间憋得人喘不过气来。

嘉怡一直是一个内敛平和的女孩儿，家境殷实却从不张扬，也不做作虚伪，在同学中人缘很好。但在我面前，她却表现得低眉顺眼。我也不知道这究竟是为什么，明明有那么多比我好的人明里暗里追求她，可她就是不动声色。我不爱她，她却固执地认定我不放。

她坐在那里，低声和黄老板说着什么。过了一会儿，她又叫我，见我还是不理她，她就起身和黄老板打声招呼，走了。我默默祈祷：走吧，别再来了。回家吧，回家打掉孩子吧。

嘉怡走后，黄老板问我嘉怡是不是我女朋友。我阴着脸，什么都没说。他瞪我一眼，接个电话出去了。又过了一会儿，一个骑摩托车的快餐派送员来到洗车场，他放下四份鱼肉齐全的快餐就走了。阿昌、阿楠一看今天伙食这么好，就说："黄老板这是看我们今天辛苦，犒劳我们了。快吃快吃。"两个小子狼吞虎咽地吃了起来。

其实我一点胃口都没有，但为了保持体力，必须得吃饭。人是铁饭是钢，这话我现在真的体会到了。这么热的天干活，体能消耗很大，需要及时补充水分和营养。洗车是个体力活，不吃饭真不行，我现在的饭量比以前增大了许多。趁现在没活儿，我也端了一份午餐吃起来。

午后，嘉怡又来了，她买了两套衣服叫我换上。我像没听见一样，还是默默地做着自己的事，就是不理她。她眼圈红红的，坐在那里一言不发。我干活儿，她就一直那么坐着看我，我也装作对她视而不见。天要黑的时候，她向黄老板告辞，起身走了。

晚上，我躺在吊床上想着心事。她又找上门来了，坚持还是放弃？现在我该怎么办呢？突然，我想起了梁佳伟。一想到他，我就气不打一处来，这个臭小子，我还以为他会坚守承诺呢，可他还是出卖了我。我开机拨通了他的电话，我要狠狠骂他一顿。

这小子向我发誓,说不想失去我这个朋友,绝对是按照我说的去做的。他绝对没有告诉白嘉怡,也没和任何一个男同学说起遇到我的事。听他的语气真是没撒谎,气得我把手机扔到了一边。

可不是他又是谁呢?没有熟人遇到我呀,嘉怡怎么会直接找到了我呢?刚一冷静,我忽然反应过来,这家伙的话有问题!这个家伙,只说没和"男同学"提起我,这并不等于就没和女同学说起啊。这个烂仔!肯定是他告诉了王瑶或者孙丽丽,谁都知道嘉怡和她俩是死党。这个该死的家伙,钻我说话的空子呢。

我又拿起手机,准备再给他打过去,忽然手机响了。我一看,眼泪顿时落了下来,是母亲打来的。我犹豫着,接还是不接呢……

手机响个不停,快三个月了,这是第一次发出声音。母亲第一次打通我的电话,她指不定有多着急呢。我想了想,还是接吧,嘉怡已经找到我了,家里人肯定都知道了我的行踪,别再让老妈大老远跑来了。

电话一接通,我就听见母亲的哭声,她喊着我的小名:"小龙啊,儿子啊……"

我的心都碎了,泪水扑簌簌地流淌。

母亲稳了稳情绪,说奶奶身体越发不好了,住了一个月的医院,刚刚回家,现在只能卧床了。受金融危机的影响,生意很不好做。不光是家里,就连叔叔的公司也受到很大冲击。现在,父亲和叔叔的事业面临挑战,爷爷处理完手头的事也要赶回来。现在家里很需要我,尤其是奶奶,总是念叨我,说想我,只怕再也见不到我了。母亲还说:自从我走后,她身体也一直不好,经常失眠,现在还要照顾奶奶,医生说她已经神经衰弱了。她希望我快点回家。

十二

母亲的电话我一直在听，只是我激动得说不出话来，最终只叫了声"妈……"就匆匆关了机。面对哭泣的母亲，我不知说什么才好。我这个儿子令母亲如此难过，自觉惭愧。我觉得很对不起母亲，出生时就让她难产，遭了那么大的罪，导致她再不敢要孩子。

我小时候，奶奶总会在我不听话、淘气、惹祸、耍赖的时候，情不自禁地数落我，说我还没落地就是个淘气包、惹祸精。我总是不以为然。但今天看来，我这个祸真的惹大了，惹得有家不能回，两家不得安宁。

嘉怡每天都来洗车场，她给大家买饭、买水果、买冷饮。知道那些营养快餐都是她买的，我就不再吃了。她看我既不与她说话，也不吃她买的东西，不但不气不恼，索性不再走了，她开始坐在洗车场角落里陪着我，一坐就是一天。一周后，见我态度没改变，她又拿起了抹布，我做什么她就跟着做什么，东西照买不误，我不吃就给别人，或者干脆扔掉。

看我不吃她买的便当，偶尔遇到那对捡废品的夫妻，嘉怡就会拿给他们，告诉他们说："这是买多的一份，没人动过的，如若不嫌弃，请帮忙消化掉。"他们便很客气地收下。施者与受者都很自然得体，双方态度没有一点轻蔑与卑微。这些我都看在眼里，她的做法很令我佩服。

嘉怡的到来，加深了我在痛苦中煎熬的程度。她来了这么久，我一直没和她说话，看着她已经发福的身体，还整天满身是汗地耗在这里，我心里真的好难过，那是一种无法诉说的痛苦。看着她脸颊明显长出了妊娠斑点，坐在脏兮兮的洗车场里，一脸的汗水，眼巴巴地看着我工作；看着她拿起水淋淋湿漉漉的抹布帮我擦车，看着她被污水和汗水浸湿的裙子，贴在明显凸起的肚子上，我的内心就会充满无限懊悔，良心也备受煎熬。

嘉怡做的一切，更加深了我的痛苦。我以为，她见我冷酷到底就能放弃肚子里的孩子了，现在看来是不可能的，没希望了。

上帝呀，在这件事上，别人都是旁观者，只有我和她在默默对峙、煎熬。她的背后，有两家人在撑腰，我身边却无人伸出援助之手。我该怎么办呢……

一晃，嘉怡来了有一个月了。这天早上，我照常工作着，嘉怡又像上班一样按时来了。她习惯性地坐在角落里那把椅子上看着我，我对这些已经麻木了。不知为什么，今天看我干活她没有帮我，就一直那么看着。快到中午时，她从包里取出一封信交给我，我没接，她眼圈就又红了。她看着我，把信放在我休息时坐的那把椅子上，转身走了。

我不知她葫芦里卖的什么药？自从她找到我，我就总是表现出一副视而不见、不以为然的神态。实则我的内心一直焦躁不安，不知道她还会做出什么样的举动，更不知道如何应对她下一步的棋局。我真猜不到，她用如此古老的方式对待我。望着她远去的背影，我急忙拿起了那封信，心里忐忑，慌乱地打开了那张薄纸。只见她在信中写道：

翰翔，我的爱人：

无论你接不接受，我对你的爱都无法改变。自从我内心的爱萌芽那一刻起，你就住进了我心里。

翰翔，你能想象得到吗？一个女孩子需要多大的勇气，怀着多么强烈的爱情，才能在刚刚二十一岁，大学还没毕业的时候，就把自己最宝贵的身体，交付给一个被酒精折磨得痛苦不堪的男人！翰翔，你知道吗？当你有需要时，我会尽最大的努力帮助你，只要能减轻你的痛苦。

翰翔，你又能否想到？一个被视作掌上明珠的女孩子未婚先孕，她柔弱的肩膀，需要承受多大的压力？她需要用多么顽强的勇气和意志，去面对世俗的冷眼和社会舆论的哗然……

翰翔，无论如何，孩子是无辜的，他是上天赐予我们的礼物。我深思熟虑过，无论怎样，我一定要把他生下来，我要用自己的血液来养育你的骨肉，这是你我生命的交集，是我们爱的结晶。

翰翔，我的爱人。爱与不爱我是你的权利，但爱你是我一生的追求，也是我的权利。你在哪里，我和孩子就和你在哪里，我相信你心里有我。我和孩子等着你，等着和你一起回家……

看完她的信，我的喉咙像被什么东西哽住了。我更加体会到，并不是所有委屈都可以诉说，也不是所有的疼痛都可以呐喊。那种无法表达的痛苦，只能一个人默默地忍受，它是如此痛彻心扉，却找不到流血的伤口。我感到周围的空气压抑得我喘不过气来，我站起身，头也不回地走了出去。

心烦意乱的我，径直去了距离洗车场不远的鲗鱼涌公园。在那里能看到辽阔的大海，那里有明净而高远的天空，有润泽而清爽的空气，有我最熟悉的大海的怀抱。

海边长大的我，想海了。想海的我，想家了。

凌晨，母亲又发来信息，说奶奶病重，很想我。她还说自己神经衰弱睡不着觉，她也病倒了；父亲生意受到重创，正想方设法缓解金融危机造成的影响。家里这个时候太需要我了，她要求我尽快回家。

从我离家出走到现在，父亲从没给我打过一个电话，还是在我出来半个月时，他给我发过一条短信息："儿子，是男人就要勇敢承担责任，就要对自己的行为负责。你记住，李家祖祖辈辈都是真男人！"现在，我不知道父亲是忙于生意无暇顾及我，还是对我失望之极、漠然置之了。

鲗鱼涌公园，是香港一座较大的海滨公园，过去鲗鱼涌主要是工业和住宅区，近二十多年，这里建成了很多商业大厦。公园里有很多不同种类的植物，错落有致，仪态万千，大片大片的草坪绿毯般铺展开来。这里的绿化自然唯美，很受周围住宅区居民的喜爱，成为国际大都市里最怡人的公共休闲场所。我刚来香港读书时，就和同学来这里玩过。

今天，这里游人依旧如织，游玩的、拍照的、散步的、嬉闹的……但对我来说，那只是应了朱自清的散文："热闹是他们的，我什么都没有。"

我来到游人稀少的地方，独自伫立在海边，任阵阵海风夹带着大海的清新与湿润迎面扑来。耳边是海浪拍打沙滩发出的有节奏的低沉和哗哗声，此起彼伏，远处有汽笛高亢的演奏。我的心也如同这潮水一般，波涛

汹涌。张雨生那空灵凛冽的歌声,似乎在耳边回响起来:

  如果大海能够带走我的哀愁,就像带走每条河流,所有受过的伤,所有流过的泪,我的爱,请全部带走……

  不知何时,一片浓密的乌云渐渐铺展开来,太阳被云遮住了。游人渐少,我却坐在了岸边,身子发沉,丝毫不想挪动。伏天的雨来得很快,只一会儿工夫,就噼噼啪啪地下起豆粒大的雨滴,少顷,就由豆变线,由线变帘,把坐在岸边的我浇得全身湿透。

  一阵暴雨过后,太阳疾速地从云层里钻了出来,一道彩虹在远处山峦和海面相连处升起。游人又渐渐多了起来,公园呈现出接受洗礼后的清新与活力。

  被雨水淋透的我,在海边坐了很久很久,这几个小时里,天气的所有变化都尽收眼底。我的心也随着彩虹的出现而露出一点光亮。夕阳西下时,我整个人已平静下来。

  我慢慢想通了,也许嘉怡并没有错,她也并不可恶,现在的一切都是我造成的。她从少年起就一直爱这个男人,为了他放弃去美国留学的机会,跟随他选择了自己并不喜欢的专业。她还放下大小姐的身份,像个童养媳一样,吭哧吭哧地给他洗了四年的衣服。她所做的一切,只想换来他的爱,只想和心爱的人在一起。而在他对她日渐疏远又去接近其他女孩子时,她有了危机感。所以,在他有所需要时,她才义无反顾地献出自己的一切。而他种下的种子能够发芽,正是她期盼的结果。一个女人深爱一个男人时,肯定会有为他生儿育女的愿望。因为爱,她没有理由舍弃这个孩子。要怨，只能怨我自己没有定力。如果没有那次酒后失德，怎会出现今天这无法收拾的局面呢？

其实，我也很清楚，有很多无形的东西，在决定着我的命运。嘉怡的名誉，她肚子里胎儿的生命，双方家长的声望，社会舆论的压力……我没有力量来改变这一切。父亲说得对，是男人就要敢于承担责任！

三个多月的漂泊，我真的好累。二十一岁的我，承受了空前的压力与煎熬，无论身心，还是身体，似乎都到了极限。天上漂移的云累了，就要下雨；地上行走的人累了，就得回家。

这时候，我似乎听到了一个遥远的声音在呼唤我。回家吧，回到日夜思念的母亲身边，回到卧病在床的奶奶身边，回到被经济大潮冲撞得心力交瘁的父亲身边，回到那个生你养你的海滨城市大连。

我很清楚，从我有了回家打算的那一刻起：我的独身生活就彻底结束了，我青春的梦想也彻底毁灭了，我对爱情那玫瑰色的幻想也花残叶落了。

不记得在哪里看到过一句话："生活就是被强暴，如果你无力抗拒，那就躺下来享受。"

那我就试一试吧，享受这逼来的婚姻！这是上帝赐予我真正的成年礼。

当一座城市醒来的时候，就会陷入喧嚣；而当一个人醒来的时候，就会归于平静。年轻的我，当想好了今后要走的路时，激情退去，心如止水。

十三

2008年,受美国次贷危机的影响,经济开始萎缩。到了2009年,几乎殃及各个领域。不但经营传统销售的父亲生意大幅度下滑,做进出口生意的叔叔的公司更是遭到了重创。

叔叔的新公司刚刚起步,生意转淡,积压了大批原材料。一些交完订金的订单,产品生产出来却无钱提货,造成产品大量积压。新订单却迟迟不来,每月还要按时还大笔贷款,入不敷出,公司陷入困境。新公司由原来的轰轰烈烈,到后来士气低迷,最后竟不得不停产。这是叔叔始料不及的。

公司停产三个月了,人心开始涣散,叔叔用伪装的镇定来掩饰内心的惶恐与不安。这时,员工不但没了奖金,就连基本工资都发不出来了,一向有魄力、有手腕的叔叔,渐渐陷入焦灼状态。

不久,叔叔听说一些年轻的技术骨干和一线职工想到外地寻求发展。他感到大事不妙,因为人是企业的无形资产,是企业的灵魂。技术人员流失,是企业的大忌。

情急之下,叔叔召开全公司大会,他在会上大发雷霆,斥责那些人没有团队精神，不讲义气。他说："在公司遇到困难时候，你们不是和企业同舟共济，共闯难关，而是自私自利，弃船逃生。公司待你们不薄，把你们送出去一点点地培养出来，现在翅膀硬了，有本事了，可以出去闯荡了，是不是？公司好的时候，你们想方设法，甚至求爷爷告奶奶托关系进来工作，可公司刚刚遇到点儿困难你们就要离开，太不仗义了。这是拆我白勇的台！"

大名鼎鼎的白三儿发了脾气，在坐的人谁都不敢吭声，要走的那几个人更是心惊胆战。会后，他们不敢直接找叔叔解释，急忙找到叔叔的侄子，希望通过他传话给老板。他们说老板平时待员工确实不错，他们对公司也都很有感情，谁都不愿意东挪西走的，另谋出路不是件很容易的事。但是，公司现在发不出工资，他们都刚刚成家，几乎都是月光族，又要还房贷，实在是过不下去了。这是生活所迫，希望老板也能理解他们的苦衷。如果现在能按时开工资，他们肯定都留下来。

听了这话，叔叔也没了主意。人家说得在理呀，工薪族没有工资，人家怎么过日子呀？

前段时间，父亲已经把自己的流动资金转借给叔叔了，在这关键时刻，叔叔又再次注入了几百万资金，用于补齐拖欠的工资和维持企业运作的日常开销，以解燃眉之急。虽然人员留下了，但还贷的压力仍然困扰着他们。当时，一些企业在重压下一败涂地，天不怕地不怕的叔叔，眼看也要挺不住了，他起了转让公司的念头。

当爷爷得知叔叔的想法后，第一次骂了他。

爷爷骂叔叔没骨气，遇到困难就灰心丧气、萎靡不振，还闯什么商海？爷爷对叔叔说："你要清楚，现在的你，不是一个小工厂的管理者，而是一个企业的领导人。人活一口气，干事业就要有一股精神，一股不放弃、不服输的精神。你是企业的灵魂，你的精神状态就是你公司的精神状态，不但全公司的人看着你，社会上很多人都在观望着你呢。无论朋友、冤家、对手，都在拭目以待。这几年，你小子不是很能翻云覆雨吗？你不是把人家同行都挤垮了吗？现在大难临头，所有人都在看你白三儿下一步怎么走呢？要看看你白勇到底是一条龙，还是一头熊！"

爷爷最后还是鼓励叔叔，困难面前勇者胜，再难、再大的风险，就算头拱地、上刀山，也一定要保住公司。这是你人生最大的挑战，闯过去，在这一行你就站稳脚跟了，以后的你就脱胎换骨了，前途一片光明。你白三儿不是仰慕英雄侠士闯荡过江湖吗？平常你好我好大家好，使点小计谋，出点小成绩，那都不算。英雄在哪儿呢？只有在大难来临的关键时刻，那些内心有足够勇气和意志力的人，他们不但敢于担当，铤而走险，还能忍别人不能忍之苦，受别人不能受之罪，灾难会激发一个人内在的潜力，完成别人不能完成的事情，这才是英雄。你白三儿福大命大造化大，只要你挺住，不气馁，我相信你有这个能力！

爷爷还告诉叔叔，他马上回国和叔叔并肩作战，会全力以赴支持他闯过这次危机。

爷爷的训斥与鼓励激发了叔叔的斗志，他答应爷爷挺住，大不了鱼死网破，再回到一无所有的日子去。

于是，他组织召开全公司大会，希望全体同仁献计献策，鼓励大家坚定信念，心往一处想，同舟共济共闯难关，困难面前勇者胜。叔叔也学会了精神鼓动。他放下身段，拉下脸到处求人找合作，筹措资金，还组织员工集资，拿公司和自家资产做抵押，答应以高利率回报员工。

我和嘉怡从香港回来的第三天，爷爷就从曼谷回来了。当时嘉怡已经怀有五个多月身孕了，肚子明显凸起。不但我对结婚没一点心情，两家人也都觉得不大体面，又处在动荡时期，还不能领结婚证，就只在酒店摆了几桌，招待双方最亲的亲属走个过场，这就算一家人了。

在我和嘉怡这件事上，我一直很感激叔叔，他从来没出面找我或找父母说些什么。其实，叔叔是喜欢我的，他总说我聪明，早就有心想让我和嘉怡成为一对儿的。但是，出了现在的状况，他只是暗中支持他女儿，从没给我施加过压力。这点他做得很仗义。想当初岳母见我的态度坚决，她就劝过嘉怡，说："男人长得太标致了不是什么好事，看不住。他不愿意我还更不愿意呢，比他好的有的是。"

我答应结婚时，嘉怡有意用她自己的房子做新房。叔叔前年就给她在中山区繁华路段买了一套一百八十平方米的跃层住宅，都是按她的喜好装修的。但我的答复是：想进李家门，就要住到李家来。我家有一幢四层楼的别墅，一楼是大客厅和厨房、饭厅，还有一间保姆卧室和一间休息室，外加三个车库。父亲和我各用一个，还闲着一个车库，"不会让你白大小姐的宝马停到马路上的"。我家每层二百六十平方米，奶奶随我父母住在二楼，我自己住三楼，四楼是客房。难道我这样的家还装不下你白大小姐吗？我李翰翔怎么能让人误会成倒插门儿的呢？我哪里都不去。

爷爷这次回国，既是因为奶奶的身体，也是为了我的婚姻大事，更是为了叔叔的公司。爷爷、父亲、叔叔，他们三人又像当初帮助叔叔起步一样，在一起反复探讨研究，深入分析当前形势。如今整个产业链有一处断电，整个链条就陷入瘫痪状态，正所谓牵一发而动全身。只有每个环节的商家相互扶持，彼此增强信任度，互惠互利，大家都运作起来，才能一道闯过难关。

他们最后决定,父亲和爷爷把两方所有能动用的资金,全部注入叔叔公司,尽快启动生产,把未完成的订单完成,也就是继续给交了少部分订金和拿不出订金的老客户供应产品。这样,大量积压的原材料派上了用场,面临困境的老客户起死回生,他们对叔叔的仗义行为赞叹不已,资金也一点点地回笼,企业渐渐步入良性循环。

闯过难关的叔叔,信誉和威望在业内飙升,市领导也对他格外器重,公司的经营又上了一个新台阶。后来,叔叔把父亲后期注入的资金算作股份返还给了他。

如今,叔叔已经成为拥有两套德国先进生产线的大型彩色印刷有限公司的老总了。他的实力超过了父亲。十几年的时间,他由一个二流子华丽转身,变成商海巨子。很多人暗地称他"暴发户",他也确实侥幸,一路有惊无险,确实是个福将。

叔叔偶尔也会显露财大气粗的土豪做派。但多数时候,他还是很低调的,他说话随和,和父亲在一起时,叔叔仍然尊父亲为"哥哥"。父亲依然一副不急不躁、稳扎稳打的贵族派头,对叔叔公司的事宜从不过问,钱放在那里,效益好坏,分红多少,从不询问。

但是,不可否认的是,因为我和嘉怡,让他们从同学、挚友变成了儿女亲家,让他们两人真正连在了一起。

十四

　　为了那没出世的孩子,为了病重的奶奶,我和嘉怡在亲属的见证下,结成了不受法律约束的夫妻关系。其实,那也是一个无性婚姻,因为我无法和一个自己不爱的人同床共枕。

　　白天,我总是不愿回家,什么正事都不想,整天就知道玩。有时父母叫我,我也能去他们分管的两个商城帮着做些事。我对影视器材更感兴趣一些,那里去得相对多一些。

　　可是,一到晚上,我就难熬了。为了不让父母多虑,我必须睡在楼上自己的房间。我总见嘉怡坐在沙发上看电视,到底看没看进去,谁都不知道。反正我一上楼,她就眼巴巴地看着我,还叫我回卧房休息。可我,总是对着电脑做自己的事,无视她的存在。等熬到实在睁不开眼睛了,她才一个人默默回到卧室。按理说,我这么做真的有点残忍,但没办法,这本是一场一厢情愿的婚姻。我给了你和孩子名分,我也只能做到这些。

　　不是我不想睡觉,是我无法自如地睡去。一个怀着你孩子的女人住在了你的卧室里,你也无法安然入睡。

　　我用上网玩游戏、看电影、聊天来消磨夜晚的时间。实在太困了,就躺在沙发上睡，或者到书房去睡。嘉怡几乎每晚都出来给我盖被子，有时我根本没睡着，见她过来，我就装成睡熟了的样子。我知道她常会蹲下来端详我，打着哈欠，轻轻给我盖上被子。回房间时，她还会不时回头看我，偶尔眼角也会有晶莹的泪光。

我回来时奶奶就卧床不起了，她看到了我结婚，却没能亲眼见到曾孙的出生。她在孩子出世前的一个月去世了。

奶奶心里一直是明白的。她胆子特别小，病重后总是害怕，那是我第一次见到一个人对死亡的恐惧。都说病重的人神志不清，有的还会长时间处于意识模糊或昏迷状态，但奶奶去世前一直很清醒。她明白自己时日不多了，就整天找父亲，那是她最疼的小儿子，也最依赖他了。父亲也总是回到家就陪在奶奶身边，在外面也是心里放不下家里，一有空就给奶奶打电话。

记得有一天，大概奶奶又想到了死亡的情形，她吓得抓着父亲的手哭着说，她最怕火烧了，千万别把她火化了，那样太遭罪也太丑了，投胎转世都不会再做人了。她说话的时候声音发抖，面露恐惧。父亲抱着她，像哄孩子一样向她保证，说肯定不会火化，一定干净体面地送她上路。父亲让奶奶放心，说他做儿子的说到做到，会不惜一切代价满足她的要求。

奶奶病危的时候，父亲就把她从医院接回家中，她是在家里床上闭上眼睛的。当时爷爷、伯伯都从曼谷回来了，父亲非常冷静，让爷爷和伯伯尽量待在家里，不让外人看见。他还不许大家哭，不许有任何丧事的表现，怕惊动了邻居。他只找了几个最好的朋友来家里，加上爷爷、伯伯和我，大家讨论后开始分头行动，再没惊动其他亲友。

父亲的朋友找来一辆面包车，买来棺材，趁天黑把奶奶入殓，然后把车开走，停在一个安全的地方。父亲早已看好一座山的坡面朝阳位置，拿出十万元请另一个朋友去找到那座山的承包人，请求他连夜挖出一块墓地，连夜下葬，肯定不会给他添麻烦。

有时候，一些平时认为不能办成的事，钱真的能办到。那个承包人接到钱就保证说："放心吧，肯定让你满意。"

当时数九寒冬，在冰冻三尺的山体挖出一个墓穴，绝非易事。那山的主人也不敢声张，找来自己兄弟，先是把烧好的高温焦炭铺到地面烘烤，然后开始挖烤化的土地，等挖不动了，再铺上一层高温焦炭。就这样，用了整整一晚上的时间才挖出一个墓穴。次日，我们连夜把奶奶下葬。

虽然一切办得隐秘，但奶奶土葬的事还是走漏了风声。有关部门开始追究。

父亲第一次拿出死猪不怕开水烫的无赖态度，任你怎么说教，就是无可奉告。后来他说："我确实违反了有关政策规定，罚款、拘留、判刑，悉听尊便，我都认了，只要不惊动我老母亲安息就行。"最后，罚款十几万才算了事。

奶奶去世后发生的一件事，使我对灵异事件开始感兴趣了。这之前，在书本上看到或者听到的一些灵异事件，我根本不信，都当故事听的，但当真发生在身边时，确实无法解释，让你不可思议。这时候，你不得不承认，有一种超自然的东西是存在的。

记得奶奶下葬的次日早餐后，大家都在一楼大客厅里休息。当时父亲对爷爷说，他梦到了奶奶。我们都知道奶奶偏疼父亲，以为是他思念过度，日有所思夜有所梦吧。

爷爷就劝慰父亲说："人死如灯灭，大家都正视现实吧。你妈走得也不遭罪，也算让她满意了，你也别太伤心。"可是父亲说，这个梦很奇怪，做梦时天已经快亮了，他很清楚地记得奶奶对他说的话。奶奶说她走的时候屋里人太多，她来不及单独和父亲说话，她这次特意回来告诉他，她给父亲攒了一笔钱，放在她的衣柜里了，这钱是给他遇到棘手事儿时候用的。

父亲说得真切，我们都感到好奇，我说那就找找呗。于是，大家都来到奶奶房间。我打开奶奶的衣柜，从上到下翻了一遍，也没找到哪里有钱。

爷爷说："按理说，这么多年了，你妈多少应该有点钱，这么找都没找到，也不太对。"

大家想想也是，平时爷爷、伯伯、父亲都给奶奶零花钱，虽然她也给我和堂哥，但那是少数，平时生活开支都不用她出钱，去世时在她身边只发现两千多元钱，还是说不过去的。

大家让父亲再好好想想。父亲就说，很清楚地说是衣柜下面了。我就弯下腰仔细查看衣柜下面，忽然发现，衣柜底板有一块木头是活动的。我拿起手边的钥匙，一撬，很轻易就撬开了，底板和地面之间有个空间，我发现那里有个塑料袋，我一把就掏了出来。这一掏出来大家全看傻了，塑料袋里整整齐齐地码着两摞钱。一见真的有钱，父亲眼泪立刻就落了下来。

后来一数，总共五万六千元。父亲含着泪说："唉，这就是做妈的呀！"

父亲说，把这钱给大家分了吧。爷爷和伯伯都说，这是奶奶给他的钱，又这么灵验，别人都不能要，必须归他自己用。父亲也没再说什么，把钱收了起来。

我知道，这些钱父亲一直当宝贝一样珍藏着呢。

十五

和嘉怡住在一起后，我的日子过得漫不经心。睡够了才起床，然后就出去玩，回家也没个固定时间，生活没有一点规律和计划。

一天，我和几个朋友一起去打保龄球，我一分神致使球滑沟，零分。这一失误被旁边一家伙看到了，他幸灾乐祸地发出怪异的笑声。我向来是遇强不弱的人，虽然不喜欢主动挑战，但我可以凛然地迎接战斗，更何况现在的我，正是心情郁闷、满腹怨气无处发泄的时候。所以，听到有人耻笑，就感到是一种极大的侮辱。我抓起一个球朝那人走去，朋友也跟了过来。看我的态度，他也板起了脸，就在双方拉开架势的时候，一个光头走过来惊疑地叫出了我的名字，然后又满脸笑容地拍了拍我肩头，说："哈哈，真是你啊，小龙！"

我打量他，猛然想了起来。真是太出乎意料了，竟然遇到了我少年时的朋友。

他叫邱峰，我曾喊他峰哥，他也是我初中班主任的学生。那时候，学校要组织新年联欢会，我们老师请来已经上了音乐学院的邱峰，让他来给我们做指导。

那时的邱峰，身背电吉他，长发垂肩，高大挺拔，艺术范儿十足。那次一见到我，他就认出了我，说我和小时候没多大变化。他家和我家曾是邻居，我虽然不记得他，可他一直记得我。他说，是看着我长大的，所以对我特别关照，纠正我唱歌发音，教我换气、变换真假音等。他还只允许我玩他宝贝似的电吉他。那时候我就很喜欢他，开始叫他峰哥了。想不到，已经八九年未见面的我们，今天竟然在这种情况下相遇了。

因为遇见朋友，一场争执烟消云散。

我和峰哥相互看着对方都笑了，曾经一头长发衣着前卫的音乐青年，如今变成了休闲随意的光头大哥；而过去理着毛寸的懵懂少年，却长成了长发垂肩的浪子。我留起郑伊健似的长发，是父亲最看不惯的地方，他总说我没个人样，像个二流子，一再提醒我理短点，再短点。可我就是不想听他的话，这发型是我在香港读书时，到一个有名的发型设计师那里，专门按照我的脸型气质设计的，很适合我，同学们也都说好看。

我和峰哥到楼下咖啡厅坐下聊了起来。我摸了摸他微微凸起的肚子，他有点自嘲地笑着，自己又用手揉了揉，又摸着光头说："老了，世事无常，过尽千帆，管他什么身材不身材，形象不形象的。现在一切都看淡了，怎么舒服就怎么来了。"

峰哥说他早就不玩音乐了，没人没钱，在艺术领域想出名太难了。这年头，不出名又根本赚不来钱，那种浮躁的生活总感觉不踏实。现在，他与朋友合开了一家酒吧，只想把经济基础打好，给家人带来更实在的东西，好好享受生活。我问了他酒吧的地址，这回又有玩的地方了。

不过，那时我还不太理解，峰哥当时也就三十岁，怎么会自称老了呢？但是，明显看得出，剪掉了一头长发的邱峰，当年那种明亮的锐气与洒脱也随之消失了，人变得普通随和了。不过，现在的他，一身休闲服，随意自然，也不再让人有距离感，人变得更可亲了。

嘉怡的肚子越来越大了，穿着厚厚的冬装出门，人显得特别臃肿笨拙。母亲常陪她出去散步，陪她产检，因为我多数时候要去影视器材商城打理必要的事宜。外面柜台只是零售，来批发的或者预定设备的，就到办公室洽谈，所以那里必须有人。

也许是受家庭环境的影响，也许是遗传基因起作用，我对做生意特别感兴趣。刚开始和顾客谈生意时，父亲会在旁边观察我，后来他就放心交给我做了。我和顾客洽谈生意时不紧不慢，不卑不亢，每笔生意都谈得轻松愉快，成功率很高。父亲说我天生是个做生意的料。每当这个时候，我心里也是美滋滋的，很有成就感。

嘉怡生产的日子越来越近了。母亲找了熟悉的医生给检查，说胎儿不小，自然分娩还是手术让自己决定。嘉怡说，她还是愿意自然生产，因为生产过程中，产道的挤压对孩子今后的发育有利。她更想体验身为女人应该体验的一切。而且，她也怕剖宫产在肚子上留下难看的疤痕。看来，女人为了美可以付出很多的。

我虽然不和她说话，但我还是在母亲和她的谈话中，默默关注着她的情况。她毕竟走进这个家门了，那肚子里，毕竟怀的是我的骨肉。

孩子是比预产期提前一周出生的。那天我刚到店里不久，母亲就打电话让我回家，说嘉怡有反应了，要马上去医院。不知为什么，听了母亲的话，我突然很紧张，甚至有些害怕。一些电影里的镜头忽然在我脑海里闪现：被汗水和泪水浸透的产妇，经过痛苦的挣扎后，还是无力地闭上眼睛，然后是一片凄凉的哭声；接生婆满手是血地大喊："难产，我可没办法了……"或者医生沉着脸问失魂落魄的丈夫："保大人？还是保孩子……"

是呀，那么大个孩子，要从那么窄的阴道分娩出来，该经历一场怎样的生死搏斗啊！我第一次想到，做女人真的很不容易。

多亏不是上下班高峰期，路上车辆不算多，否则我不知会怎么样，因为我开车时大脑胡思乱想，手脚都在发抖。我八岁第一次开车上路都时没这样紧张过。

到家时，我父母和她父母都在，所有人都集中在一楼客厅。岳母坐在沙发上，嘉怡紧张得脸色发白，斜靠在她妈妈身上，痛苦地紧锁眉头。张姨帮母亲查点一个个大小包裹。父亲和叔叔都站在旁边，表情严肃，等待吩咐的样子。这个时候，女人成了发号施令的主角，两个腰缠万贯、地位显赫的男人，变成了唯命是从的听差。

出门时，父亲看出了我的神态，他没让我开车。我抱着嘉怡坐在了父亲的车子后座上，母亲坐在父亲身边，嘉怡父母开另一辆车跟在后面。

这天，我一直陪在嘉怡身边，上下车、上下楼都是我抱着她。在车上时，她蜷缩着身子躺在我的腿上，双手搂着我的腰，把脸紧紧贴在我的胸前。这是我俩清醒时候最亲密的接触。我今天没有躲她，我第一次有了想呵护她的想法，她现在要我做什么我都责无旁贷，我愿意用一切方式来减轻或缓解她的痛苦。

到医院检查后发现一切正常，大家就一起焦灼地等待着一个新生命的到来。

为了顺利生产，医生建议多走动走动，我就领着她散步。她顺从地跟着我，虽然彼此没什么话可说，但她一直紧紧拉着我的手，或者紧紧抱住我的胳膊，把头倚在我的肩头上。今天我一切都听她的，只要她觉得能舒服一点就行。

嘉怡的意志力出乎我的意料，阵痛的时候，她总是停下来咬牙坚持。当疼得剧烈时，她就抱着我的身体往下蹲，汗水顺着脸颊流淌，她也只是咬着牙轻轻呻吟。

我能感受到她的痛苦，可我一点儿也帮不了她，只有陪在她身边任她摆布。而另一个二十七八岁的待产孕妇，阵痛时总是大声叫喊，委屈得哭哭啼啼，还打骂着丈夫，把她男人的手都抓破了。跟她比，嘉怡真的太理智、太有涵养了。

嘉怡进入产房时，家人都被挡在了门外。看不见她的时候，我不知所措，大脑一片混沌，我第一次为她担忧，我默默祈祷她平安无事，我更对自己的所为令她忍受如此痛苦而深深自责。

父亲和叔叔站在不远处阳台边，两个人一直都在吸烟，母亲和岳母坐在产房门外的塑料椅子上，眼睛死盯着那道紧闭的房门，偶尔还侧耳倾听里面的动静。椅子上，放着包裹和嘉怡的外套。

我坐立不安，想起了母亲生我难产的事。那时候，父亲是不是也像我如今这般紧张害怕呢？

我一直在门前徘徊着，这个时候，只要她安然无恙，让我做什么我都能接受。如果知道女人生孩子如此痛苦，我宁愿不要孩子。生产的阵痛令人难以承受，母亲的伟大令我对女性心生敬畏。

经过大半天的折腾，大家终于听到了婴儿落地时响亮的啼哭声，所有人都松了一口气。

嘉怡侧切生下了八斤重的儿子，从现在开始，李家变成四世同堂了。

孩子顺利出生，两个家庭喜气洋洋。想不到的是，这个小小的婴儿打乱了两家正常的生活秩序，家庭成员的心都被他牵引着，他成了两个家庭的中心人物。

母亲再也不去商城了，她亲自照顾嘉怡的起居和饮食。母亲笑着对岳母说，自己没女儿，她会好好伺候儿媳妇的月子。她不但亲自给嘉怡调配一日五餐，还给她洗脸擦身，什么都做。嘉怡每餐吃的都很少，母亲和岳母怎么劝她都不愿多吃。我猜她是怕胖，她一向注重身材的。女人爱美是天性。

嘉怡生产是侧切手术，产后第一周身体一直非常虚弱。那些天，我也一直守在家里。

我发现女人真是奇怪，孩子生出来后，肚子小了，乳房却奇怪地长大了，似乎有原来的两三倍大。嘉怡说乳房肿胀得疼，却没有奶水出来，母亲和岳母就轮换着给她按摩。可无论怎么按摩，奶水就只有一点点。嘉怡说没奶更好，省得让孩子吃得乳房变了形。母亲和岳母就都摇头，说真是搞不懂如今的年轻人，美字当先了；多亏这年代什么高级奶粉都有，否则该怎么办呀。

有一次，母亲说我手有劲儿，让我来给嘉怡按摩乳房。我的脸一下就红了，支吾着说弄不好。嘉怡看着我不说话，只是眼神由期盼渐渐变得黯然，然后，她把头扭向一边，我便离开了这尴尬之地。但她每次去卫生间，都是我来回抱着的。她躺累了，我也会把她扶起来，让她靠我身上坐一会儿。

嘉怡每次排便后，母亲都给她清洗身子。当时，我很想看看侧切手术是怎么一回事，就没有离开。当我看到那私处的创伤时，惊得我浑身发冷，我被这一眼深深打动了。女人真是了不起，为了生一个孩子，那么娇贵的女人忍受了难以想象的痛楚，就从这一点看，做母亲的女人都太伟大了。

自从嘉怡生了孩子，母亲就彻底不工作了。这样一来，我就只好接替母亲管理商场，每天必须去坐班了。

母亲开始是在家伺候嘉怡，满月后就专门照顾孩子。她说孩子跟谁像谁，所以不能找保姆，她要自己把孩子带大。母亲怕孩子在身边影响我们俩，她就把孩子带到二楼她和父亲的房间，日夜照顾着。我和嘉怡都明白母亲的用心，她知道我俩感情本来就不好，不想因为孩子的出生，给我们带来不便，使我们更加疏远。

可母亲哪里知道啊，我和嘉怡从结婚那天起，就一直在分居着，这是一桩无性的婚姻。但这只是我们两个人的秘密，也是我们的难言之隐。

我是喜欢小孩子的，每天下楼，我都先到母亲房间看看儿子。那是一种很微妙的感觉，看着他，我就心生柔软，打心里高兴。婴儿也真的很可爱，似乎每天都有变化：今天会笑了，明天对声音有反应了，后天又能跟着你的手移动目光了。不过，我不敢抱他，总是轻轻摸摸他的小脸或者小手小脚。母亲偶尔会把他包裹得很结实，慢慢递到我怀里，我像怀抱一个无价之宝似的，轻也不是，重也不是，那笨拙的神态，让母亲笑个不停。

嘉怡满月后在家又休息了一个月就上班了，虽然不用按时，但她每天都去公司帮叔叔处理一些事宜。叔叔在培养她熟悉公司的全面工作。

家里生活渐渐步入正轨，我又恢复了自由。我下班后不常回家，即使回家吃饭，也是吃完就走，去和朋友们一起泡吧、玩游戏、打台球等。对我来说，婚姻只是个名义，它对我没有什么约束力，我认为自己仍是自由之身。

十六

  一个商城，批发或订货的生意相对较少，所以我很清闲。没有事做，我就上网玩游戏，我开始玩"地下城勇士"，玩得很入迷。刚开始级别低，我就买装备，级别上升得很快。后来渐渐入门了，有时还会卖装备。不知为什么，在游戏里，卖装备赚一点点小钱会令我异常兴奋，大概这就是那么多人玩游戏入迷的原因。我是学网络设计的，上学时候对游戏都没有热情，可现在我却开始沉迷于它了，大概是我内心空虚的缘由吧，因为我只有用玩游戏来排遣无聊的时间和内心无法言说的苦闷。

  我曾经想过要自己创业，那是在大四寒假的时候。我想走爷爷、父亲和大伯他们自主创业的道路。不是说老子英雄儿好汉，青出于蓝而胜于蓝吗，所以，我想证明自己的能力，强将手下无弱兵，李家代代是英雄。可是，情感上的变故，让我的一切幻想都破灭了。在这近一年的时间里，我几乎是被牵着鼻子走的，我没有计划，没有目标，人变得浑浑噩噩，一天天就是在混日子。

  我朋友不少，但那都是场面上的朋友，说白了，就是吃喝玩乐的伙伴，在一起可以吹牛，可以调侃，但不能说心事。我内心的苦闷与烦恼依然无处排遣，总觉得孤独无助。有过恋爱经历的人，一旦内心变得孤独，那种失落感比没有经历过的人更为难耐。而有过性行为的人，一旦得不到满足，那种身体的饥渴与焦躁更是一种煎熬。

下班后，我一般都是开车先回家，在家里吃晚饭，我喜欢吃张姨做的饭菜，外面的没有家里饭菜顺口，也不像家里那么讲究营养搭配。饭后，我就出去和朋友玩到很晚。有两次零点后才回来，父亲一直在等我，见我一身酒气，他很反感，甚至一脸的失望。他说我已经做父亲了，还这么贪玩可不行，告诉我以后要早点回来。

没过几天，我又是一次夜半回家。一进门就被坐在一楼客厅的父亲骂了，他似乎是在专门等我的。他骂我不思进取，说我整天就知道玩游戏、喝酒、逛夜店，不务正业。他以前提醒过我不要玩物丧志，更要求我早点回家，可我却越来越晚，而且经常酒气熏天地回来。

我无言以对。我的父亲，你只知道按你的想法和你的生活方式来要求我，你哪里会理解我的苦恼和我受的煎熬呀。我和一个自己不爱的女人生活在一个屋檐下，那是一种什么滋味儿，你知道吗？你以为我们是夫妻，可我们什么都不是。我们没有一纸婚约、没有共同的爱好、没有语言的交流和身体的慰藉。我和她只是有了一个孩子，只是为了一个孩子才被你们给绑在了一起，仅此而已！

说实话，出去玩的时候，有朋友带女人来，说她们都是附近的白领，或者是有不错工作的正经女人，大家一起唱歌、喝酒、猜拳，高兴了也会有暧昧的身体接触，但只限于拍拍打打、搂搂抱抱。我内心有过想法，但理智又让我却步。我自认为是个干净的人，和这些不了解的人，我是不会越雷池一步的。

我的行为如果用"自爱"来解释,我觉得"自保"也许更为恰当。我不知道这些女人的底细,怕,才是我内心最真实的想法。更何况,在我去香港读大学之前,父亲曾和我有过一次谈话,他说:"男人行事要有原则,要能分清有所为、有所不为。"我想,他的话也包含这层意思吧。

我在玩游戏的时候,认识了一个名叫"小叮当"的河南女孩儿,我们加了好友,看资料我俩同岁。没事的时候,我们会聊聊天。她的性格活泼开朗,也很健谈。她说自己是跆拳道教练,已经是黑带二段。我也喜欢跆拳道,上大学前,我曾练了一个月,也会点花架子,所以和她很有共同语言。

接触几次后,我们越聊越投缘,她讲了自己一些感情经历,我也说了自己的苦衷。有一次聊到半夜,累了,我就躺在沙发上用手机聊天,不知不觉竟然睡着了。第二天醒来,我发现,我最后回话时间是凌晨两点五十分,而她后来知道我睡着了后又自言自语说了很多,最后发来"拜拜"的时间是三点二十五分。那次,我被她感动了。

这之后,我开始惦记甚至想念她,不上网时,手机也总是挂着QQ,盼着她上线和她说话。我第一次想念一个对我来说几乎完全陌生的女孩儿,这种默默想念一个人的感觉,对那时的我来说,是既美妙又压抑的,那是一个人内心的体味,是只可意会不可言传的秘密。我的心开始像春风中的弱柳一样摇曳生姿了,小叮当的每一句情话,都像落在我心头的小小翅膀在那儿不停地扇动着。我的心仿佛冬去春来,有柳枝开始发芽,有蝴蝶在那儿蹁跹了。

小叮当说,她也同样想念我,和我有一种相见恨晚的情愫。我欣喜极了,互相发了照片,又在没人的时候用视频聊了会儿,我们都非常激动,两颗年轻的心靠得更近了。之后，我上网时间更多了，她在线，我们就聊天；不在线，我就一边玩游戏一边等她。我专注于网上世界的神奇与美妙，把心送给了小叮当，把时间留在了"地下城勇士"，对嘉怡更是熟视无睹，睡觉也越来越晚了。

我和小叮当的感情急剧升温，我愿意把自己的一切和她分享。我做成了一笔生意会首先告诉她；吃饭的时候，我就想她能坐在我身边一起品尝该多好啊；躺在床上，心里想的是和她说过的那些甜蜜的话。我发觉自己离不开她了。

不久，她有一天多无法联系，我焦急万分，不知她出了什么事了，给她留言好几次。又熬到了次日晚上七点多，她用手机上线了。面对我的留言，她回复说病了，胃出血，住了一天半院，现在出院回家了。

一听她病了，我好心疼，恨自己离得太远了，什么都不能帮她做，更不能到她身边陪伴她。我问她病情怎么样了，胃出血怎么能这么快就出院呢？她停了一会儿，说血止住了就回来了。我问，这是医生让出院的吗？她又沉默了好一会儿才发过来，说她父母都是下岗工人，她给人家做教练只是教几个小学生，自己也朝不保夕……

我明白了，她这是没有住院费才无奈出院的。我让她把账号给我，我马上给她汇款过去，让她必须尽快住院。胃出血不是小事，必须按医生要求系统治疗。

多亏店里的银行卡在我手里，否则就我这个花钱没有谱儿的人，手里真没有多少钱了。父亲每月给我开支一万，我几乎月月花光，除了在香港打工那三个月外，我从来不知道节俭。我拿着她的账号连夜给她汇去一万元。她答应我第二天一早就回去住院，我的心才放下来。

我和她聊了一会儿就让她休息了，即使我是那么恋恋不舍。

这以后，我们更亲密了。小叮当称呼我一个字——翔。她的真名叫李娜，我就叫她娜娜，但我更喜欢叫她小叮当。一个半月后，她的身体恢复得差不多了，她并没出去找工作，她说医生嘱咐近期不能剧烈运动，也不能做体力活，所以，教练暂时也做不成了。她说，想在家开一个小超市，她妈妈也能帮忙，只是运作起来有点难度，房屋装修、买货架、进货等都需要钱，手头钱不够。

我问她还缺多少？她说不想再麻烦我了。我有点不高兴，说和我不要这么客气。她支吾了一会儿，说还缺四五千元。这个月的工资刚到手，我就给她汇去了五千，让她尽快把超市开起来，让生活尽快走上正轨。她给我发来了拥抱的表情，说我就是她的主心骨，感谢上苍让她找到了最心爱的人，她很想很想见到我，愿意把自己的一切交给我。

她哪里知道，我又何尝不想见到她呀。我是那么想她，爱她，每次和她聊得缠绵的时候，身体都是有反应的。可我们相距太远，我又结婚了，我不能光明正大地和她交往，更不能给她带来她期盼的幸福，我只能尽自己的所能，在她需要的时候帮助她。

我真恨自己酒后乱性有了孩子，否则我会按照自己的心愿爱我所爱，和心爱的人敞敞亮亮地谈一场刻骨铭心的恋爱，那是多么幸福、多么美好的事情啊。我深爱着小叮当，她的出现，仿佛暗夜里一盏明灯，又似雪地里一盆炭火，我的心暖了，孤独却不再寂寞。

但是，我是个健康强壮有过性经验的男人，这种柏拉图式的恋爱，满足不了我的身体需求，反而使欲望之火燃烧得更加猛烈。每当我内心的骚动难以抑制时，我就独自出去喝酒。我常去峰哥的酒吧，一醉解千愁。

我最近的表现嘉怡都看在了眼里，我晚上出去的时候，她不睡，一直等我回家。看我喝多了，她会给我调蜂蜜水，拿水果吃，给我拿毛巾擦脸。她还会小心地问我遇到了什么事，那眼神怀着担忧与疑虑。但我什么都不想说。

相忘于江湖是一种美，更是一种无奈。相思可写成一篇冗长的腹稿，发表出来却短得只有三个字："我想你！"

我和小叮当的网恋是美丽的，但我得不到真正的满足，旧的烦恼去了新的又来。每当我想暂时忘掉一切不如意时，就去氤氲着都市浮躁、欢爱、暧昧气息的酒吧，麻醉自己。

这大晚上，心情焦躁的我又去了那昏暗的场所。

我刚进来时，酒吧里正若有若无地放着英文版的《吻别》，我喜欢那伤感而优雅的音乐，我愿意在品着美酒的同时，被这优美而伤感的情绪所淹没，好让那颗不安的心在风雨飘摇的黑夜里沉沦。

我一进门峰哥就看见了我，他坐在吧台里朝我扬了扬手，坐在他对面正和他说话的曾倩倩也转过身，朝我举了举手里的高脚杯。我笑了，走向他俩。

曾倩倩似乎有些醉意，见我过来，就挪了挪身子，举着酒杯说："帅哥，人生得意须尽欢。"

"是啊，倩姐，'莫使金樽空对月'嘛。"我们几个人都笑了。

曾倩倩是一位真正的都市白领，是一家广告公司的企划部部长，也算是年轻有为了。她是峰哥的朋友，我叫她倩姐。她不是本地人，记得她说是杭州的。

人说苏杭出美女，看来确实没错。她个子高挑，皮肤白皙，瘦脸，一双大眼睛明显是美容医生的杰作，因为看着不是那么自然。两片薄薄的嘴唇内，是一口整齐洁白的牙齿，那牙齿是她脸上最美之处，所以笑起来很是迷人。但我觉得，她如果长着一双丹凤眼，再配上那两片薄唇会更好看些。总的来说，五官长得一般，但组织得很好，很耐看，人也很有气质。

女人的美，漂亮的外表只是其一，丰富的内涵和不俗的气质，才是一个人的灵魂。所以，气质对于女人尤为重要。气质美女才是上品。

我的印象里，那些真正的都市白领都很洒脱，他们的能力和思维都是超前的，往往在端庄干练的外表下，隐藏着一颗敏感而丰富的内心。他们总是表现得事业第一，丰厚的薪金也要求他们必须对事业一丝不苟，精益求精。他们接触的领域引领他们更加时尚，私生活也更加丰富多彩。他们很会享乐，也更开放，一些前卫的思想和行为往往都是他们的产物。

十七

　　坐在倩姐的旁边，我要了一杯干红慢慢品着，峰哥又端过一杯扎啤推到我面前。我们三人在暗淡的灯光下有一搭无一搭地聊起来。

　　舒缓的音乐如轻歌曼舞的萤火虫，闪烁着银色的翅膀，在大脑里忽明忽暗，引诱着欲望之火慢慢升腾。而在某个角落，袅袅升起的淡蓝色烟雾，又让你似乎走进了灵魂的伊甸园，你愿意卸下沉重的伪装，让灵魂裸露。

　　听峰哥和倩姐交谈，似乎她刚刚结束了一段感情。最近，她心情也不是太好，我常能见到她来此消遣。

　　她今天情绪依然如故，表面看似无所谓的样子，实则内心应该隐藏着无法言说的秘密。她话很多，看似洒脱，实则又很不着边际。而我，却是一只孤独的狼，我的寂寞只有自己品尝。

　　我把空了的高脚杯放到吧台上，喝掉了那杯扎啤。之后，我找最里面的小围间坐下，又要了一大杯扎啤。我想着自己的心事，想着可爱的儿子，想着嘉怡给我盖被子时那轻轻的抚摸和期盼的眼神，还有我晚上回家后，她那询问担忧的目光。而我想得更多的，还是小叮当的柔情。

其实，那天我没喝多少酒，可不知为什么，却感到有种沉沉的睡意袭来，天花板像是要压下来了，压得我睁不开眼睛。我窝在沙发上一点点陷下去。迷迷糊糊中，感觉不远处似乎有人在说话，还有人在哼着歌，还有叽叽喳喳卖弄的笑声传来。午夜的酒吧，是一个危险的温柔乡，一个人想暂时丢掉一些自我的时候，你就可以来到这里，放逐自己的灵魂，放下束缚你的一切。

我似乎要睡了，半梦半醒中，感觉一切声音越来越远，越来越安静，周围空旷极了，我独自一人陷在了陌生的旷野里。正在我整理思绪，准备寻找出路时，有一只手放在了我身上，一股暧昧的暖流顺着那只手慢慢爬上我的身体。那是一只女人的手，正在我身上轻轻游弋。我没有拒绝，因为这时的我需要这种爱抚，我很孤独、寂寞，我很渴望有一个怀抱，让我伏在那里安心睡去。

对方的体香很诱人，我闭着眼睛，很享受这样的交流。小叮当，你说什么都愿意奉献给我，亲爱的，这是你吗？你会这样爱抚我吗？我抬起了自己的手，揽住了一个温热软滑的身体。我感到好温暖，我把身子探了过去，醉眼迷离地扫了她一眼。我看到了一张熟悉的面孔，那眼睛里有燃烧着的蓝色火焰，那火焰的光亮能直射到我的骨子里，令我心跳加快，无力抵挡最原始的欲望膨胀。

同时，我清楚地认出了，她是倩姐。

就在我稍稍迟疑的一刹那，倩姐把她那张漂亮的嘴压在了我的嘴唇上，一条湿润柔软的舌头在我双唇间舔舐，撩拨得我浑身颤抖，欲火燃烧。我完全苏醒过来，身体立刻被灌输无穷的力量，毫无顾忌地迎了上去，她也积极响应着我的热情，四只手都在对方身上粗暴地掠夺。我探向那凸起的双峰,她扯住我飘逸的长发,她的臀坐在了我的腿上,我翻身把她压了下去。

午夜时分,两个满载正负电荷的年轻的身体,在黑暗的角落里碰撞出刺眼的火花,迅猛地燃烧起来。

封闭的酒吧,是制造故事的场所;昏暗的角落,是上演激情的温床。酒吧里修女也疯狂,确实如此,只要有合适的场合、一定的诱因,良家女子也会释放出逼人的激情。我敞开了压抑已久的欲望之门,放纵出野蛮的雄性毒蛇。我像一个冲锋陷阵的战士,一鼓作气,勇往直前,高歌猛进,势不可当。

就在我陶醉于原始的疯狂而忘乎所以地发泄潜藏的本能时,突然,耳畔一声大叫惊醒了迷乱中的我。我猛然回头,只见嘉怡双手紧紧抓着自己的头发,直愣愣地站在我的身后,那张温柔贤惠的瓜子脸扭曲得痛苦不堪。

我僵在了丑陋的现场。

嘉怡大哭着跑了出去⋯⋯

  夜已深,还有什么人 / 让你这样醒着数伤痕 / 为何临睡前会想要留一盏灯 / 你若不肯说 我就不问 / 只是你现在不得不承认 / 爱情有时候是一种沉沦 / 让人失望的虽然是恋情本身 / 但是不要只是因为你是女人 / 若爱得深会不能平衡 / 为情困,折磨了灵魂 / 该爱就爱,该恨的就恨 / 要为自己保留几分⋯⋯

午夜的酒吧正在播放林忆莲的《伤痕》,这首歌就像是为嘉怡而唱的。当亲眼看到在家无视自己的丈夫在外面却激情放纵时,她再也无法忍耐下去了。嘉怡双手掩面,痛哭着跑了出去。到家后,她抱起儿子就回了娘家。

我做梦也想不到嘉怡会出来找我,我更没想要伤害她,但我知道,这次的伤害无法挽回。

是峰哥把我带到了他的休息室。我不知曾倩倩什么时候离开的,也记不清自己怎么度过这一罪恶的夜晚的。次日上午十点多我才醒过来。虽然我的头晕晕的,但首先想到了嘉怡,我不知她会怎样,我必须回家去看看。

当我推开家门时,感到一种肃杀的气氛笼罩着整幢别墅。父母都在家,母亲毫不生气地靠在沙发上,眼神呆滞,沉默无语。父亲站在窗前吸烟,见我进来,他扭回身,那张脸似乎长了一半,冷峻得令人不寒而栗。

我一语不发,用眼睛余光扫视着周围,竖起耳朵探听着楼上的动静。我没说话,迅速地跑上楼去。

见我上楼,父亲紧跟着也上来了。不知是过于气愤,还是我令他太失望,只见他面露凶相,眼睛布满血丝,那是我二十二年来从没见过的面孔。他边向我走来边抽出皮带,劈头盖脸地甩过来。

我本能地扭转过身子,一条血印从左肩头直画到右侧臀部。

母亲和张姨也紧跟在父亲身后跑了上来。见此情景,母亲吓得哭喊着去抓父亲的手喊道:"你这是干什么呀?"

父亲头也不回,一把将母亲甩向一边,母亲跌坐在地上。父亲大声怒吼:"都是你惯出来的好儿子!你还有脸拉?再拉,我连你也一起打!"

他疯了!他从没这样对待过我们母子。张姨也吓傻了,她只是一遍一遍地哭喊:"不要啊!不要啊!"

房间里没有一点动静,我知道嘉怡没在家。父亲骂我"混账、逆子",我无言以对,站在那里一声不吭。父亲的皮带又抽下来,妈妈爬起来拉我,我拗在那里不动,把整个后背舍了出去,说:"打吧!"

我清楚地记得,父亲还是在五岁那年曾打过我。

好像是因为大清早我想买玩具之类的事。记得当时父亲下手很重,把我打得大哭。那天我没吃饭,也没去幼儿园,后来无论母亲和奶奶怎么哄我,给我买什么好吃的、好玩的,我就是不吃不要。到了晚上,我已经饿得躺在床上一声不吭,没有一点力气了。父亲回来后,奶奶说了他。他又和母亲嘀咕一会儿后,走进我的房间,开始,我们谁都没有说话,他看了看我,然后俯下身把脸贴在了我的脸上。

当时我把脸往一边躲了躲,他又凑过来,我就哭了。他亲了我一下,就把我抱了起来,说:"儿子,你有种!今天是爸爸脾气大了点。好了,咱吃饭去吧……"

十七年后的今天,他又打我了,这是我有记忆以来的第二次。

我咬着牙说:"打吧,想打就打死我吧!我活着也真没什么意思了。我的一切都是你们做主,我连婚姻都是你们强加给我的,让我活受罪,我还不如死了好!"

听了我这话,父亲疯了一样抡圆了皮带噼啪抽下来,他边打边骂:"你还有脸说!不是你自己做的好事吗?好汉做事好汉当,我们李家没有不负责任的男人!"他又喘着粗气说:"你还有理了?嘉怡是从小看着长大的,那么好的女孩,人家比你强多了!她哪点配不上你?"

我站不住了,然后倒在沙发边,然后半卧着反驳道:"她好又怎样?

好的人多着呢，都能做老婆吗？我不爱她，我就是不想娶她。那天我喝多了，我哪知道怎么回事啊？是她诚心那么做的，她明明知道自己受孕期，还把自己给了我，又不是我强迫她的。"

"你个混账东西！你还有脸狡辩？你不要推卸责任，现在你已经是父亲了，你要给孩子什么样的生活，难道还不知道吗？！"

我连自己想要的生活都无法实现，还让我怎么对孩子负责啊！我把脸埋向坐垫，后背朝着他，我什么都说不出来。这时的我，内心满是泪水，咸咸的，像决堤的洪水一样汹涌着淹没了我的身体各部位。我内心冰冷，伤感至极，只觉得灵魂离我而去，没有任何想法了。现在的我，只有把一具躯壳送给生我养我的人，任他处置吧。

我耳边一片杂乱，母亲和张姨的哭喊声伴着父亲的怒骂声此起彼伏，一片嘈杂。又一顿皮带下来，我听到母亲像在大喊："你快回来救救小龙吧，你爸快把他打死了！你再不回来他就死了！"

我的无声反抗，换来的是无休止的皮肉之苦。父亲啊，我到底是你的儿子，还是你的仇人啊？你怎么如此狠心对我？这都什么年代了，我连婚姻自主这样最基本的权利都无法实现。你是我的父亲，你给了我生命，可我的生活难道也得你给做主吗？为什么我的一切都要听从你的安排？我究竟是在自己的家里，还是身处集中营啊？

就在我备受煎熬的时候，嘉怡噔噔噔地跑上楼来。同时，父亲又把胳膊扬起来，她一下子扑到我身上，大声喊着："不要啊，爸爸不要打他……不要啊……"

她从身后抱着我，转身面向父亲哭喊道："爸爸你不要打他，不要打他……我爱他……你不要打他。"父亲没言语，嘉怡低下头说："我回来，我带孩子回家来，还不行吗……"

听了这话，爸爸下楼了。母亲和张姨都扑向我，三个女人把我架到床上，帮我把上衣褪去。

我的后背全都肿起来了，一条条红红的伤痕布满后背，多数都在渗血。嘉怡哭着跑了出去，不一会儿，她买来各种药膏，和母亲一起查看说明书，选择着给我涂抹，我趴在床上一动不动。当涂抹药膏时，又是阵阵刺痛，每涂一下，我都被刺激得浑身抽搐，那种钻心的疼痛让我苦不堪言。

结婚十个月后，我第一次躺在了那张婚床上。可这次，我竟然是满身伤痕，只能匍匐在宽大舒适的床垫上默默流泪。

嘉怡留下来了，她细心照料着我，每天都按时给我换药。因为药没干的时候容易蹭到衣服上，她就把被子展开，用双手托着为我保温。每次这样做，都要半个小时左右，双手累得麻木，她也从不抱怨。

一周后，我后背的瘀青肿胀都消了，但结成的痂还是又疼又痒。我一直趴在床上，实在累了就坐一会儿，有时坐着就睡着了。

这天晚上，后背痒得钻心，又不能挠不能碰，我烦躁不安，翻来覆去不能入睡。

嘉怡见我难受的样子，就坐起来，让我趴到她身上睡一会儿。我不忍心，她就把腿伸到我身下，抱起我的上身，让我趴在她腿上，这样真的舒服一些。她和我有一搭无一搭地说着儿子，又把手放在了我脸上，像小时候一样摸着我的酒窝，脸上竟然露出幸福的笑容。

我心里说不出的愧疚。嘉怡，我知道你是个好女人，我也知道你爱我、疼我，你忍下了所有委屈，独吞了一切苦果，就是为了等我回心转意，彼此能有这么亲密的一天吧。

我抬头看看她，我从她的眼睛里看到了渴望。我们相互无语，她只是用目光叩问我，慢慢地流出了眼泪。我把头埋在了她的胸前，双手抱住她的腰身。

"小龙……"她无比激动，温柔的叫声里有无法言喻的欣喜。她解开衣襟，纳我入怀……

十八

今天是2013年1月26日,星期六,农历腊月十五,还有两周就要过春节了。

早上,我和嘉怡一起出门,我去商场,她带儿子回了娘家。她每个周末都是如此,晚饭有时回家吃,有时在娘家吃,这要根据儿子是否愿意在姥姥家多待一会儿而决定。

我刚到商城不久,嘉怡就打来电话,笑呵呵地问我,去不去杭州玩,说马上就订机票。快过春节了,我是没时间玩的,不过怎么突然想去杭州呢?我很疑惑地问她。她简单给我解释了缘由。

原来,这几天岳母一直在看电视连续剧《新白娘子传奇》,叔叔见她看得入迷,就说她只知道看那个破电视剧,也不出去走走,整天窝在家里对身体也不好。他还说,就那一个故事,翻来覆去看多少遍了还看不够,爱看还不如亲自去西湖看看呢。他就又开始鼓动岳母去旅游。岳母就是不去,说跟陌生人闲逛没意思。今天嘉怡到家,叔叔又提起这事。岳母说:"我不爱和别人走,你又不陪我。"

叔叔就说:"我就周末偶尔有时间,你如果想去,咱这就走,不过只有一天多时间。到那里看看西湖就回来。年底事儿多着呢，不能误了我工作。"就这样，一家人当即决定，去一趟杭州看西湖，一个电话就订了机票。

叔叔对岳母的好，我是看在眼里的，不但家里雇了保姆，什么活都不让她做，还总给岳母钱，让她随便去花，又经常给她买营养品。可家里什么都有，衣服也是嘉怡给买，她节俭惯了，自己很少花钱。

有时见岳母什么都不买，给她钱就攒起来，叔叔就生气，说："给你钱你就花，现在不用你攒钱了。花钱是享受，你知不知道？你这样是想把钱带到棺材里去吗？过去穷的时候，你一分钱掰两半花，那是没办法，现在你一万元当一元用，我白三儿也愿意，只要你开心就行。"

岳母和叔叔是自由恋爱结婚的，那时候叔叔还没个正当职业，在社会上闲逛。岳母没有文化，小学都没读完，可她就是爱叔叔，无论当初他多么穷，外人看他多么不务正业，家里怎么反对这桩婚姻，她就是认定他了，对他不离不弃。结婚后，她自己一人打工维持一家的开销，就连买菜都要等市场快关门的时候才去，因为那时候都是剩下的，按处理价卖。就是这样的苦日子，她也从无怨言。

叔叔走上正轨后，一直与时俱进，还参加了一些学习班，自己也常看一些企业管理之类的书籍，素质大大提高，今非昔比。但无论叔叔身份、地位如何变化，他都视岳母为至爱。

有一次陪叔叔出差，他曾语重心长地对我说："一个男人，无论有多大的成就，在外面多么风光，做什么事都必须有原则和底线，那就是：玩归玩，家归家，两者必须分清。还要记住，为你吃过苦的女人不能丢，穷苦时帮助过你的人不能忘，对别人落井下石的朋友不能交。"

我知道，叔叔这是向我传授男人的处世哲学呢。我也明白，叔叔也是给我交代了他的底线，也就是让我分清什么是玩，什么是家，因为他的宝贝独生女儿是我的老婆。

马上春节了，还要去曼谷看爷爷，我是没时间随他们去看西湖的。今天，我要把发给员工的节日福利买回来，还要预订一下饭店，打算最近哪天晚上请员工年终聚餐，发红包，再去唱歌。又辛苦一年了，每年年底我都和他们在一起玩玩，高兴高兴。

嘉怡带孩子随她父母出去了杭州，这是他们一家三代人第一次一起出去游玩，想来应该是很开心的。

其实，我和嘉怡出去玩的时候很少，嘉怡节假日休息，而我节假日又特别忙，我们时间总是不一致。我和嘉怡刚和好时，母亲就鼓动我们出去旅游，嘉怡积极响应，那次我们一起去北京玩了几天。

我很喜欢北京那种厚重的历史文化气息，我们光在故宫就流连了五六个小时。在那里，国内外游客摩肩接踵，大家都被这古老的建筑群以及那里的典藏所吸引。虽然经历了沧桑岁月的洗礼，但那雕梁画栋、红墙黄瓦的巍峨建筑，仍然气派雄伟、肃穆壮丽、高贵雍容。那被岁月的风霜侵蚀的苍松翠柏，依然挺拔遒劲，威风凛凛。走进这古老的文明，你自然就会屏声敛气，油然生出一种敬畏感来。

而当你走进那一个个旁门跨院时，你又会对深宫佳丽们暗无天日的牢笼般的生活由衷地感叹。真是想不到，我们在影视剧里看到的贵人妃子们的优越生活环境，当真实地展现在眼前时，竟然是那么一个个小小的空间。当大门紧闭，那个私人空间还不如一个普通农家小院宽敞。这时你也才会明白，当年官宦人家为什么认旁人的女儿为女代替自家女儿进宫的原因了，因为没有哪个父母会舍得把自家女儿送进这里生活的。置身此地，你会不自觉地去想象，在这些小院里曾发生过什么样的故事？哪位天子曾临幸过这里的妃嫔？哪位佳人又曾在这里幽怨地老去呢？……

我和嘉怡那次去北京游玩，开始还很开心，可是，就在我们想去居庸关、十三陵和八达岭一日游的时候，又发生了不愉快的事。

那次被父亲打后，我在家休养期间上网很少，但每天都尽量抽出一点时间用手机上一下QQ，我惦记着小叮当，怕她得不到我的消息为我担忧。两人都在线时就聊一会儿，她不在线时我就留言。得知我被父亲打了，她很心疼我，但也只能说些安慰我的话。她的爱给我孤苦的内心增添了一份暖意。可我和嘉怡去北京时，她知道我们和好了就有些不高兴。我解释说："她爱我，为我做出那么多牺牲，我实在于心不忍。我和嘉怡虽然是事实上的夫妻了，但我对她的感情除了责任，更多的还是停留在朋友阶段，你才是我真正用心爱着的女人。"

为了给她解释这些，也是为了让她相信我说的是真心话，我一直坐在酒店和她聊天，错过了去八达岭的班车。那天嘉怡很不高兴，她觉察到了在我心里有比她更重要的人了。我什么都没解释，心情不好就不想说话，是我一贯的作风。

我和嘉怡过上了真正的夫妻生活，但不知怎么，我心里就是热不起来，对她总是敬而远之，就连做爱时我都小心翼翼，怕弄疼她，更怕破坏了我在她心目中的形象。我知道我们是真正的夫妻，可我在她面前就是放不开，和她达不到我想象的欢爱程度。说白了，我对她就是在履行做丈夫的义务，也是在解决身体的饥渴，我真正的感情应该在小叮当身上。日子就这样糊里糊涂地过着。

三个月后，小叮当说超市生意不好，根本不赚钱，她不想做了，让我在大连给她找个跆拳道教练的差事，她想来到我的身边，在大连发展。

开始我还有些犹豫，因为我怕有麻烦，我不想再有什么过失伤害到嘉怡，可我又真的很想见到小叮当，两个网友间的那种吸引，那种爱恋，已经快一年了。那种和爱人身心合一的渴望，是助长你做出冒险决定的根源。最后，感情还是战胜了理智，我答应了她。我开始找朋友打听，也自己去健身会馆等场所给她找工作。

想不到的是，当我给她找好了工作，又租下了房屋时，她却说不想来了。她说一个女孩子去大城市，穿的用的什么都没有，感觉抬不起头来，怕让人瞧不起。她还说，她最怕一遍遍地倒汽车、换火车了，距离这么远，大热天的太辛苦了。听她这么一说，我就又给她汇去五千元钱，让她简单买点穿戴用品，不要坐火车，坐飞机来吧。

小叮当来的那天下午，我没有去机场接她，因为我和市电视台的一个采编组有一笔很重要的生意要谈，还要招待他们。但我都已经给她安排好了。我让她自己打车到市区，暂时住在火车站北广场处的四方盛世酒店，我已经给她预订好了房间。

送走那几位客人时，已经晚上九点了。我迫不及待地开车前往四方盛世酒店，去和小叮当相会。

这是我俩第一次从网络走进现实生活。去的路上我们一直电话联系。当我停好车，怀揣着一颗猛烈跳动的心，急速走向她的房间时，那种日夜思念一朝相见的喜悦，令我热血沸腾。

我刚叩响房门，小叮当就猛然从里面把门拉开。就在两束燃烧着欲火的目光相碰的一刹那，两个人同时伸出双臂拥住对方。

当你想要扑到爱人的怀抱时，对方比你还欣喜地揽你入怀，那是一种无法言喻的幸福。我今天终于体验到了！身体的接触令我们忘乎所以。就在这样一个私密的空间里，在两盏朦胧的淡黄色的壁灯诱惑下，一对年轻的男女热情地相拥，疯狂地接吻，毫无顾忌地直奔主题……

激情很快就退去了，我看着小叮当沉默不语。房间里一片死寂。

说实话，我不在乎她有多么漂亮，也不在乎她是不是处女，但我在乎她腹部那一条长长的疤痕。凭我的直觉，那应该是剖宫产留下的印记。小叮当从没和我说过自己结过婚，更没提起过已经生过孩子的事。就凭这点，我不知道她还有多少秘密没有和我说起。见了面我也察觉到，她本人比照片要显得更成熟些。

她看出了我的疑虑，沉默了好一会儿。最后，她还是说了实话。

原来，她已经二十八岁，女儿也已经五岁了，她和老公都没有正式工作。她当跆拳道教练，只是在一个私人小会馆，教几个小学生而已。她老公以前给人开大货车，从前年开始沉溺于赌博，把人家货款都给赌输了。因此，没人再敢雇他，他就破罐子破摔，根本不管她们母女的生活。她实在不想和他过下去了，想出来打工，这才投奔我的。

听着她的讲述，我的心凉了。我用无限的真诚、全部的热情、日夜的思念筑起的玫瑰色的网恋堡垒，就在她轻声的陈述中轰然坍塌了。我从没想过会爱上一个有夫之妇，我也不想搅和到别人的感情纠葛中，更不愿破坏别人的家庭。我知道了小叮当的真实情况后，有一种被欺骗、被愚弄的感觉。我看着她，什么都不想说，起身去卫生间简单冲洗了一下，步履沉重地离开了酒店。

城市的夜晚灯火阑珊，我开着车，漫无目的地穿梭在一排排行进中的红色灯影里，我只是跟着车流向前，直到路上车子渐渐稀少了，我的情绪才逐渐平静下来，开始寻找回家的路径。

回到家里，我感到很疲惫，把自己泡在浴缸里久久不想出来。我回想着和小叮当从陌生到熟悉到恋爱的整个过程，那一个个思念得无法入眠的夜晚、她温柔的话语、我焦急的等待……可眼前又出现了她肚子上那一道抹不去的疤痕，还有她低头说话时那忐忑不安的神情。

这一夜，我根本睡不着，看着身边熟睡的嘉怡，我的内心五味杂陈。

次日，我来到小叮当住宿的酒店，把她带到我给她联系好的跆拳道馆，介绍给老板，安排她次日开始工作。我又开车把她带到交完半年房租的住处，把她妥善安顿下来。我答应的，能做到的都做了，我没有食言，也没有让她失望，我觉得自己对得起这份感情了。我让她以后好自为之，就算为了孩子，也尽力维持一个完整的家吧。小叮当很聪明，她看出了我情绪的大起大落，我走时她哭了。

这天分开后，我没有再去找她，只是在网上遇到时，偶尔会问问她的情况。她一次次约我见面，我都拒绝了，话也越来越少。我把自己一切真实情况都告诉了她，可她却隐瞒了自己那么重要的事实，我解不开这个心结。

一个月后的一天，我下班到家时，嘉怡还没回来，这很反常。平时她四点钟就回家了，比我早一个小时呢。自从在我家住下后，她也不回娘家住了，即使我俩在赌气，她也是住在这里。她这点和其他女孩儿很不一样。

一直等到要吃晚饭了，嘉怡才回来。她和母亲说在外吃了点，不想再吃了，就独自上楼去了。

我在楼下陪母亲和儿子坐了一会儿，母亲在看电视，儿子被新玩具勾着不想被任何人打扰，我就上楼了。

想不到，嘉怡正坐在沙发上独自流泪。看我上来，她用泪眼紧紧盯着我，一脸的怨气。我有些不耐烦，不知发生了什么，随口问道："谁惹你了？怎么这个样子看我呢？有什么话痛快点说。"我悻悻地坐在了沙发上。

听了我的话，她呜呜呜地哭出了声，不但不说话，反而无比气愤地抓起沙发靠垫向我打来。

"你这是做什么？你神经病啊！你疯了吗？"我也生气了，这是什么女人呀，怎么还敢打丈夫？好好的跟我发什么无名之火？

见我生气了，嘉怡哭着质问我："你说，李娜是谁？你们到底是什么关系？"

她的质问让我猛然一惊，心想：她知道什么了，怎么会这么问呢？

只见她委屈地哭了，但还是压抑着哭声数落我："李翰翔！你真够可以了啊，除了你谁能惹我？看你多能耐，在外面找烂女人，还竟然敢给我打电话叫板，告诉我你爱的是她，不是我。这就是你做的好事！我怎么说也是你老婆，你竟然让一个泼妇来欺负我？"她越说越激动。

听了这话我真愣住了，这到底是怎么回事呀？嘉怡又接着说："我是什么身份？我是不会和这样的女人一般见识的。但我要让你知道，绝不能再有类似的事发生了！我是你老婆，你做出这样的事让我如何忍受得了？啊？"

嘉怡的话让我异常震惊。我万万想不到，这个李娜怎么会做出如此之事呢？可她又是怎么知道嘉怡的电话呢？嘉怡说的是真的吗？可也不像是假的呀。

我正在胡思乱想，嘉怡又哭着说："我早就发现你和那个'小叮当'暧昧不清了，但我没太往心里去，我想那么远不会有什么事的。可今天，她说她李娜就是小叮当，而且她是用本地座机给我打的电话。她说是你把她接来的，你爱的是她，她竟然让我快点离开你！"

我明白了一切。现在的我太失望了，这个小叮当也太得寸进尺了！她一点都不真诚，隐瞒自己的实情和我交往，这就是在欺骗我的感情。我本想和她好聚好散，好好过自己的日子。我也算对得起她，可她为什么要搅乱我的生活，竟然用这种方式去伤害嘉怡！难道就是看我疏远了她，想用这种方式激怒我吗？她这么做真是太可恶了，她伤害了无辜的人。这女人，太过分了！手段有点太卑鄙了。

我什么都没解释，起身就走，我这就去见小叮当。说实话，我本来对那份感情还有所怀念，但今天，我彻底失望了。

大连的白天清新亮丽，车水马龙，夜晚也灯火通明。这些年，大连城市发展迅猛，越来越和国际大都市接轨，号称"北方香港"并不为过。我开着车疾驶在光影璀璨的马路上，内心怒火焚烧，我要问问，小叮当你到底想要干什么？你有什么权利对我的家人如此无礼？来到她住的小区，停好车，我疾步上楼，愤怒地敲响了小叮当的房门。

过了半分钟，她怯怯地打开房门，张嘴就说"对不起"，看来她非常清楚我的来意。她边哭边说，给嘉怡打完电话就后悔了，还说她没有别的恶意，就是太想我，才把怨气都发在她身上的。

见她那一副可怜相，我还是把愤怒的情绪压了压。我问她是怎么知道嘉怡电话的？她说是那天我进卫生间洗澡时，她查看了我的手机电话簿，把嘉怡的电话记下了。

　　这女人真是好有心机呀，我真要对她刮目相看了。我才知道，自己在她面前太简单、太单纯了。我警告她："你用虚假的身份和我交往，骗取我真挚的情感，我没有怪罪你，我给你留情面了，我也自认为对得起你了。可你却得寸进尺，还敢来伤害无辜的人，你太过分了！从现在起，我不会再见你了，你也不要再给我惹是生非，否则我就不客气了。你想留就留，想走就走，与我无关了，以后什么事都不要再找我了。"

　　她低着头靠在衣柜上，什么话都没说。我出门时，她依然在默默流泪。

　　离开小叮当的住所，我又去了多日不去的酒吧。我咕嘟咕嘟大口大口地喝着冰冷的扎啤，那一个个刺啦啦破碎的气泡声，仿佛就是我心碎的撕裂的声音。我用无情的话语、淋漓的鲜血，把苦心经营的一场爱情，彻底埋葬。

　　和小叮当的交往，我似乎经历了一场幻觉，我对爱情的真实性产生了怀疑，我曾那么用心付出的痴情，换来的却是蚀骨的疼痛。这之后，我在和人交往上开始拒绝感情的投入，但我那颗年轻的心又无法抗拒爱情那魔幻般的吸引力，我对爱情仍心怀虔诚，只是开始小心翼翼面对了。

十九

我心情不好时不爱说话。那次因为小叮当的事，我的情绪一直低落，嘉怡也在生我的气，我俩又开始"冷战"了。

这种夫妻间的冷战，虽然双方表面都显出无所谓、满不在乎的样子，但生活在一个屋檐下，彼此耿耿于怀，那种内心的僵持与煎熬还是让人难以忍受的。我的情绪越来越不好，儿子一闹我就特别烦，甚至不爱和母亲说话了。

后来，母亲看出来我和嘉怡之间的异常，她就背地里问我怎么回事，我什么都不想说，但她也能猜出一二。她怕被父亲看出来我俩在闹别扭，总是在一家人一起吃饭时尽量打圆场。嘉怡后来也坚持不住了，她开始对我表现出亲近来，我却仍然冷着脸。在父亲面前，嘉怡一直很注意分寸，从不和我较劲。我心里明白，她是怕父亲知道我又犯了错打我。我知道，她始终是疼我的。

大概是为了给我们制造机会，周末，母亲说好长时间没见到姥姥姥爷了，她让我和嘉怡带着孩子陪她一起回娘家一趟。虽然大连和沈阳相距不远，但我真的三四年没去姥姥家了。听母亲这么一说，我非常高兴，嘉怡也挺兴奋,她不但积极响应,还要出去给姥姥姥爷买礼品。

说实话,这点她比我强多了,从小到大都是别人照顾我,我很少想到这样做的。而且,自从上次父亲打了我,他也对我进行了经济制裁,每月生活费从一万元减半到五千元,另加一千元算作招待费。我现在惨得不但是"月光族",而且实在过不下去时,还要向母亲求援呢。所以,现在我即使有心想给姥姥姥爷表示一下,也无能为力了。

嘉怡开车出去了,出门时母亲告诉她一定要少买,她自己已经准备一些了,另外家里还有那么多营养品也都可以拿上,况且他们也不缺。但嘉怡还是买了不少燕窝等东西回来。

姥姥家在沈阳市郊,就在著名的绿岛森林公园酒店旁边。绿岛酒店背依凤凰山,环抱绿岛湖,山清水秀,景色怡人。想当年,米卢带领中国足球队首次闯进世界杯的时候,中国国家队就下榻在那里。我小时候去姥姥家,常去那里玩。后来这里改建成一座综合性大学了,但校园内还一直保留着当年那届国家队队员和教练米卢的雕像。

绿岛森林公园酒店被改建成大学,据说是听了美国前总统小布什的弟弟,也就是那个曾当选过美国佛罗里达州州长的杰布·布什的建议改建的。据说以前杰布·布什来这里住过几天,他发现此地山色秀美,碧水相依,曲径通幽,环境怡人,建筑又颇具欧陆风范,距离沈阳桃仙机场又很近,交通方便,可谓是真正的"世外桃源"。有一天,他坐在草坪上休闲,看着湖光山色感慨地说,这里环境非常适合修身养性,如果他是这里的主人,他就在这里建造一所大学,这样的学校肯定独具魅力。

不知是真的采纳了他的建议,还是碰巧了,反正这座五星级的森林公园酒店,在2001年真的就变成了一座综合性大学。学校大门威严气派,校园内湖光山色交相辉映，白桦与绿柳掩映成荫，环境幽雅，称得上是中国最美丽的大学之一了。

绿岛酒店过去的老板徐伟浩，现在应该是董事会主席，那更是个传奇性的人物。他不但是全国著名的摄影师，又因成功穿越被称为亚洲大陆"魔鬼三角区"的死亡之海罗布泊而闻名遐迩。网上有徐伟浩《穿越罗布泊》的视频，在带给人震撼的同时，更使他成为令人敬仰的人物。校长的影响力，也应该是这所新建大学的魅力之一。嘉怡就是看了《穿越罗布泊》的视频后，开始找徐伟浩的摄影作品来欣赏的。一路上，她就不停地在说徐伟浩，说很喜欢他的摄影风格，大气恢宏，又不失细腻。她说这次一定要去绿岛，去他的大学看一看；还说如果幸运，也许能亲眼见到这位传奇人物呢。

我们到姥姥家时，舅舅舅妈已经特意从市区赶来了，这么多人在一起，姥姥家一下子就喜气洋洋了。晚饭后，母亲带着孩子陪姥姥、姥爷、舅舅、舅妈唠家常，嘉怡对我说要出去走走，想去那所森林酒店大学看看。那次吵架后，这是我们第一次说话。我也有心进去看看，而且无法拒绝她的请求，我们就又走在了校园的路上。

我们发现，这里确实与其他学校不同，一幢幢校舍似乎隐身在绿树丛林里。树木掩映，草绿花红，或直或曲的甬路旁，是一排排茂密的果树，有很多果子悬挂在树上，让人感到赏心悦目，还有一种庭院似的亲切感。想那秋季果香时，学子们树下读书散步，举手便可摘一个果实，那情景，定会别有一番风情吧。这里既有森林公园的清新自然，又不失大学校园的典雅宁静，三五成群的学生或急或缓地走在林荫里、荷塘边、草坪上，或者三三两两坐在树荫下的长凳上，优哉游哉，好不惬意。

若说这里是适合学习的场所，我觉得这里更适合谈一场舒缓浪漫的恋爱。你看这里，似乎到处都是曲径通幽，到处都能找到两个人独处的闲适场地，让你放慢脚步，静下心来，享受曼妙静雅的二人时光。

太阳慢慢落下，晚霞渐渐升起，鸟语花香的校园被晚霞镀上了一层金边，环境更加亮丽雍容。

漫步在如此美丽的校园内，我不觉想起了徐志摩的诗句《再别康桥》："轻轻的我走了，正如我轻轻的来，我轻轻的招手，作别西天的云彩。那河畔的金柳，是夕阳中的新娘，波光里的艳影，在我的心头荡漾。软泥上的青荇，油油的在水底招摇；在康河的柔波里，我甘心做一条水草……"

我正沉浸在那清丽、空灵、唯美的诗意世界里，嘉怡拉住了我的手。这一亲密的接触，使我的心似乎也像那静谧的湖水，被微风轻轻拂过，泛起一道道涟漪，清丽旖旎。人也似乎又回到了学生时代，心也开始明朗起来。惬意的环境能使人放松身心，滋生柔情，内心舒适而柔软。我也扣住了她的手，一身轻松地漫步在黄昏的校园。

晚上十点多，舅舅、舅妈回市区家里了。儿子玩累了已早早睡去，忙碌了一天的姥姥、姥爷、母亲也开始休息了。我一个人来到阳台，慵懒地坐在那里的靠椅上。我总是睡得很晚，换了环境更是没有睡意，我慵懒地坐在那里，眺望夜幕下的远方。

姥姥家是这里的老住户，大大的院落盖起了二层小楼，太阳能热水器能24小时提供热水，房间也都是新式装修，温馨舒适。院子周围一圈柳树，前院有一个大葡萄架，还有几棵果树；后院有一小片菜地，姥姥、姥爷以种花种小菜来锻炼身体。其实，这样的环境才是真正意义上的别墅呢，比我们在闹市区里的别墅强多了。舅舅、舅妈周末就会来这里住两天，工作时住在市区家里，这种生活节奏真是令人羡慕。

但是，来的时候我就发现，这周边已经在开发了。看那宣传护栏里的画面，应该是整个开发规划图，一幢幢现代化建筑将在这里拔地而起。我想，姥姥家的别墅，肯定也在开发范围内，估计也不能保留多久了。

这里晚上很幽静，空气湿润清新。没有一丝睡意的我，坐在靠椅上闲着数星星，心想：姥姥、姥爷身体都那么硬朗，应该和这里的生活环境和生活节奏有很大关系。

我又想起了小时候：姥爷喜欢钓鱼，刚上学的我放假来这里玩，姥爷就给我买一个渔竿，带我去附近的小河里钓鱼。有一次，我自己钓了一条有十厘米长的鲫鱼，当时真把我高兴坏了，从鱼钩上摘下鱼就要回家，姥爷说再钓一会儿，我却说啥也不钓了，就是想回家向人们显摆显摆我的成果。

一到家，我就把那条鲫鱼用个饭盆养了起来，宝贝似的见谁让谁看，还不让碰。但是第二天那条鱼就死了，为此我还伤心了好几天。想当初真的好天真，钓上来受了伤的鱼还能活多久啊？正想着，嘉怡穿着睡裙走出卧室，她脚步轻缓，低声叫我："翰翔，翰翔，我睡不着。"

我转身看她，只见她头发松散，宽松的淡粉色睡裙刚刚遮住她圆润上翘的臀部。褪去文胸的她，走起路来胸部活泼跳跃，在暗淡的光线下竟有呼之欲出的诱惑力，让人想入非非。我看着她没有说话，阳台只有一个靠椅，我懒得起身，就把身体向一边挪了挪。

见我示意，她竟然坐在了我的腿上，我没有躲闪。她抬手缠住了我的脖子，把头抵在我的头上，小声说："这里环境真好。可不知怎么，我睡不着了。你干吗呢？嗯？"我点点头，不知说什么才好。因为她这么缠着我，酥软的双峰就呈现在我的眼前，并随着她微微晃动的身子悄悄蠕动着。二十来天没有触碰她的我，身体立刻就有了反应。

我有点不自然，把两条腿往一起靠拢一下，她像是也觉察到了什么，先是一惊，然后抿嘴无声地笑了起来，把脸贴在我的脸上，轻轻地咬了下我的耳朵。我顺势把头埋了下去……

就在这寂静的夏日午夜，在这绿岛森林公园外一座别墅的阳台上，在这一弯新月被摇曳的柳树筛成一帘幽梦的幻影下，一对冷战了半个多月的年轻夫妻，上演了一场意想不到的激情大戏。

我发现了，每次和嘉怡吵架后，都是要经历一段时间的对抗、沉默、焦虑、无奈、让步，最后又都是由性事来真正结束冷战的。好像也只有那种你中有我、我中有你的亲密无间的深入接触，才能化解夫妻间的一切隔阂。不但如此，我还认为，男人要想征服女人，也必须在床上征服她。

日子又恢复了平静，每天又在周而复始地重复着不变的生活。嘉怡除双休日外，每天到叔叔的公司上班，母亲为我们带着孩子；张姨仍然每天为一家人的生活琐事操劳；我和父亲各自忙自己商城的生意。只是，父亲还不忘来我这里查账，我成了他的低薪雇员。五千元的月薪，上哪里雇一个像我这样尽心尽力给他经营的主管呢？他捡了个大便宜。

一次父亲来查账，发现有一份三千元的预支款，就问我怎么回事。

我解释说，是店里的一个员工孩子病了，他实在没钱给孩子看病，就给他预支了三千元，以后慢慢扣回来。父亲听了很不高兴，他说员工一个月工资才两千出头，你一下子就给他预支三千，如果他拿着钱走了怎么办？

我解释说，王浩刚结婚不久，两口子都是外地来打工的。两人都工作时生活还过得去，可现在他老婆一生孩子就没了收入，还要租房子，生活实在是困难。现在孩子又病了，他真是遇到坎儿了。大家都这么熟了，年纪又差不多，他向我张嘴，我哪能看他没钱给孩子治病干着急呢？

父亲依然严厉地说："一码是一码！作为一个老板，在员工面前首先要讲原则，一切按原则办事。公是公，私是私，必须搞清了。感情归感情，原则归原则，不能把两者混淆在一起。你愿意帮他，可以用你自己的钱，不能拿公款交人情。就你这样无原则大施善心，早晚要吃亏。下不为例！"

我当时对父亲的话很反感，觉得他太冷酷。但那次真的让父亲说对了，没过几天，王浩就给我发来短信辞职。他在短信里说我是个好老板，他真不想离开这里，但生活所迫，想来想去，必须回老家生活了。去掉这几天的工钱，他还欠我两千多点儿，以后有钱了一定来还。

我看着手机笑了，既然走了还偿还什么。两千元，我怎么也不会按照留存的身份证地址追着去要吧，但愿他回家后生活能安稳下来。通过这件事，我也买了一个教训。

渐渐地，朋友们都说我变了，变得宅了。

也许吧，我自己也觉得确实出去得少了。手头拮据是我出去少的很大原因，但陪嘉怡也是原因，不管怎么说，算是结了婚的人了。

可宅在家里真的很无聊，我是一个好动分子，外面的世界始终对我有极大的诱惑力，何况还有朋友们的一次次相约。婚姻把年轻的我囚在家里，我内心总是有所不甘的，又开始蠢蠢欲动了。

渐渐地，我还是没能顶住朋友们的冷嘲热讽，在他们的一再邀约下，我又连着出去玩了几回。

这样，嘉怡就又不高兴了。她不是主动和你吵架的人，但会给你脸色看。可是，脸色难看我是受不了的。我也不高兴了：我够可以了，你还想要我怎样？莫不是我整天陪在你身边你才开心？我一个大男人，怎么能整天守着老婆孩子呢，出去应酬是必需的。再说，我才二十二岁，朋友们都是自由之身，我却被你拴住了，我本来就已经够委屈了，现在对你也很好了，你怎么还不满足？真是得寸进尺。

话又说回来，总也不和朋友们交往，谁有生意会来找你？更不会给你介绍新顾客了。我们经商的和你家搞实体的就是不一样，我们是靠人脉，你们是靠实力。不管你愿意不愿意，我是不会被你拴在家里的。你想做我老婆，就该有这个心理准备。

就这样，我们又开始闹别扭。一赌气，我就更我行我素，不爱回家了。

二十

有一次，几个朋友一起吃饭，他们又带来两个新朋友。其中一个叫梅清的女孩儿不但名字特殊，人长得也挺漂亮，在新玛特大商场代理一家韩国化妆品。当天朋友一介绍说她叫梅清，我就说："这名字好哇，'眉清'，人长得也确实'目秀'，没辱没了这么好的名字。"

这个梅清也很健谈，一听这话就仔细看看我，笑着说："我名字好吗？哎呀，看来咱俩挺有缘啊。"

这话把我说愣了。她就指着自己的左脸说："你看，我也有酒窝。据说呀，有酒窝的人都是前世有故事之人。那人不想喝忘情水，不想忘记前世的姻缘，就被孟婆拿簪子在脸上扎了一下，留下了这个记号。这个人就带着这个记号跳入忘川河，受水淹火炙的折磨，还要等上一千年，才能转世轮回，去找自己前世的爱人。所以呀，有酒窝的人都是重情的。"

她这么一说，朋友们就开始起哄。我笑着说："原来一个酒窝还有这样的来历呀，长见识了。不过我已经结婚了，我儿子都快会打酱油了。"

我的话梅清不信。朋友就告诉她我真的结婚了，说的是实话。这更激起了她的好奇心，问我怎么会这么早。我们就嘻嘻哈哈聊了起来，我也知道了她家是长春的,在大连上大学,毕业后就留在这里了。她开始给人家卖化妆品,后来了解了化妆品的经营之道,就和另外两个姐妹租赁了柜台,自己搞代理了。看来,她这人不但开朗还挺聪明的,很有商业头脑。这是个清丽动人、充满朝气的女孩儿,初次见面就给我留下了深刻的印象。

和梅清初识那天,大家看她和我聊得挺合拍,饭后就让我送她回家。因为她带了一个四四方方的纸箱子,自己拿着确实吃力。见大家这么一说,我就没有拒绝,她也很大方地坐在了我的副驾驶座位上。

我边开车边有一搭无一搭地和她闲聊,我发现她侧面曲线很突出,眼睫毛修饰得极美,卷卷的,长长的,很是生动。尤其是她的胸,高高挺起,乳沟深深,整个乳房几乎露出了一半,令人看了想入非非。一看就是个开放的女孩儿。

她说她们三人租住了一间两居室的二楼,她自己住一小间,因为有一个女孩儿家在本市,不常住在这里,所以那两个人住一大间。

我帮她把纸箱子抱到了楼上。当时才晚上8点,本市的那个女孩子回自己家了,另一个在照看店面,要等晚上10点钟才能回来。

我放下纸箱子,她让我进来坐一会儿,说完觉得不妥,似乎有点不自然。在这样的私密场所,我们彼此都有些尴尬,但一时又不知道说什么才好,相互笑了下都沉默不语。进门时,她开了门厅的一个暖光灯,房间里面全都暗暗的,悄无声息。也许是酒精在作祟,两人的沉默,似乎产生了一种令人不安的气息和透不过气的情愫,这种气氛开始在幽静的空间里弥漫开来。

看着我,她似乎有些慌乱,进退都不是的感觉。但她眼睛明亮,看得出有压抑不住的喜悦。她始终面带微笑，也可以说是洋溢着无所谓的笑意，一根手指撩拨着亚麻黄色的长发，样子很撩人。

酒精令我有些迷乱，心里暗想，那撩拨发丝的手一定很绵软，如果能握一握她那精心修饰了指甲的小手，一定会很惬意。这时候，心里更想热烈地把她那曲线分明的身躯揽在怀里。这么想着，身体竟然有了异样的感觉，似乎要跃跃欲试了。不过此时的我有些惶恐，我也是有身份的人，不能贸然行事，那样太失体面了。我还是克制住了自己。我又看看她，没有说话，转身就要下楼。

就在我转过身的时候，意想不到的事情发生了，梅清竟然拉住了我的胳膊。我停住了，心跳加速跳动的同时，人脑也迅速地运转着，不知接下来还会发生什么，但我还是勇敢地回过头来。

她把脸凑到我耳边，小声说："把你电话留给我，好吗？"

她的发梢拂在我的脸和脖子上，我听到了她压抑着的喘息声，那是很神秘的气息。我把脸转向她，她迎住了我，更大胆地脸对着我，鼻尖甚至挨到了一起。

我们相互对视着，都开始喘息。她首先败下阵来，眼睛微微合上了，我一把拥住了她的腰肢，她缠住了我的脖子，对女人身体积聚已久的渴望打破了我的矜持，我们开始贪婪地占有着对方。我的手毫无章法地在她的身上逡巡，她酥软地瘫在我怀里，发出急促的呻吟声。我把她放在了沙发上……

我不是柳下惠，坐怀不乱我根本做不到。这样僻静的场所，这样一个美女如此撩拨人心，无论哪个男人都无法忍耐。说实话，在外面玩是玩，但我不愿也不敢触碰那些烟花女子。

无论怎样，我还是认为自己是个正派的男人。我心地善良，为人耿直，表里如一，从不恃强凌弱，也从不违法乱纪。但我拒绝不了美女的诱惑，男人骨子里总是怀念并羡慕古代帝王六宫粉黛、佳丽三千的奢靡生活的。这应该是本能，和爱无关。

要说情感，其实男人更重情，他们的感情不是随便拿出来的，但性的满足却是愿意随时得到的。捷克作家米兰·昆德拉的观点为众多男人所接受，那就是性和爱是可以分开的，男人可以和不同的女人做爱，但只愿意和一个女人睡觉，只有那个他愿意睡觉的女人才是他真正爱的人。我想，男人的性满足，在特定的情况下可以这么理解：那就仿佛和一个自己喜欢的女人同唱一首歌、同奏一支曲、共同完成一件作品一样简单惬意，只是唱歌演奏是一次精神愉悦，而做爱是一次更私密的身体享受罢了。

我虽涉世不深，但我接受米兰·昆德拉的观点。那就是，男人和女人做爱，是可以与感情无关的。所以，在适当的条件下，我也愿意实践一下每个男人都不想拒绝的艳遇。

这天，在梅清身上，我一直期待的激情毫无保留地迸发出来，我像只野兽一样疯狂掠夺，把所有关于性的想象全都笨拙地、野蛮地在她身上实战。她任我摆布，努力配合，有节奏地呻吟着，身体像风中落英一样颤抖……

次日，我们谁都没有联系对方，这正合我意。我不想惹得一身麻烦，一次欢爱就是一次享乐，并不一定要有所发展。看来我们算同路中人。我暗想，也许现在大多数青年人都是这么想的吧。

这一插曲并没有对我的生活产生任何影响，我每天继续着自己往常的一切。一次彩虹的出现，只会给我们留下一个美好的回忆，它并不会影响一个季节气候的变化。

　　一周后，梅清给我打了电话。当时是下午，我正在店里无聊地上网浏览页面，她的电话就打进来了，可当我接听时，她却没说话，我也不语，似乎双方都在等对方打破沉默。见我没说话，她轻轻咳了一声就把电话挂了。我笑了，明白其中之意。我二话没说，直奔她家……

　　后来，她又找我去她家吃饭，她特意做了拿手的家常菜给我吃。但每次吃饭是小，我们几乎都是直奔主题。

　　我惊奇于我与梅清的交往，似乎验证了我以前在外国小说或电影里看到的那种很开放的性伴侣关系。我们竟然无需经过时间的推进、互相的了解、性格的磨合等过程，只是眼光一对，立刻便抵达了两个人能达到的顶峰。就像爬山的人无须前期的准备，更不用艰难地攀爬，你似乎具备了超能力，当你想要征服一座高山，只需一个鱼跃，便登上了那座山的顶峰。这是真的吗？

　　嘉怡一直在和我闹着别扭，两人好的时候我对她都没多大兴趣，没事找事时，我就更不想理她了。更何况现在我并不缺女人，身体没有饥渴也是我不迎合她的主要因素。我们的冷战继续着，我索性睡到了书房。

　　但是，夫妻冷战分居的生活是折磨人的，我的情绪非常低落。每次出去，我也只是找到暂时的欢愉，过后还是要回来面对家里的一切，内心更觉孤单失落。我整天没有胃口，而且胃开始隐隐作痛。

　　这天下午，我正独自坐在办公室默默地玩着游戏，电视台生活频道的刘总来找我，要买一台摄像机。刘总三十七八岁的样子，年轻有为，办事爽快，我们打过几次交道了，我叫他刘哥。电视台买的设备要求比较高，这是个潜力很大的客户，所以他无论买什么，买多少，均享受批发价位。挑完摄像机,他对陪他来的那个朋友说:"中山路的家电商城也是他家开的,我看你那些空调也在他家买算了,何必自己出去现找门路呢。"

一听这话,我明白刘哥是给我带来新客户了,忙迎着说:"您要什么样式的空调呢?第一次打交道,一定给您最低批发价。要多少,咱可以慢慢合计。"

如今,大连已经成为集旅游、商贸于一体的现代化大都市,流动人口极多,中低档宾馆服务业很受欢迎。这个人就新开了一家中型宾馆,主要用于旅游接待。他的宾馆正在装修,准备购置一批空调。

我给他讲了如今家电行业的业内情况。现在家电业销售差价很小,卖家主要就是凭销售额取胜。在商场购置和去厂家批发没有多大差别,而且你从销售商手里买又可保修保换,免去了后顾之忧。最后,他答应买二十八台空调。我保证明天送货上门。

我心里明白,这些空调肯定赚不到多少钱,但后续商机不容忽视,接下来也许还要添置电视机、电脑、监控设备等,这都是连带的商机。送走两位客户,我急忙和父亲联系。我知道家电商城已经有一段时间没进货了,现在我也不了解库存情况,是否存有这么多同样规格的空调我说不准。

父亲调出库存,说还缺7台,明天送货答应得有些冒失了。

男人说话一言九鼎,更何况初次办事,答应了就要做到。我告诉父亲不用着急,我有办法。我就开车出去了。

俗话说,同行是冤家。但现实中即使不是冤家,还是尽量不求人为好。彼此都熟悉,更不能给人留下话柄。马上进货时间来不及,我就开车出了市区，去了瓦房店。我先后在那边的两家商场用市场零售价买了7台空调，雇一辆面包车拉回来。一切准备就绪，明天一早送货上门。

二十一

我从瓦房店回到大连市区，卸完货到家时已经晚上八点多了。父亲知道了我的做法，他什么都没说。成年后，他从来没表扬过我，而且，自从那次他打了我以后，我们之间没事几乎没话可说。那天，他虽然没有表态，但我在他脸上看到少有的一丝笑容。

这一天我的胃一直不舒服，回家只想休息。张姨给我准备了饭，我看了一眼，什么都吃不下，于是说了几句话就上楼了。我感到身体很乏，躺在了沙发上。嘉怡问我怎么了，我没有回答她。她看我没吱声，就坐在一边默默地收拾阿姨送上来已经洗过的衣服。

过了一会儿，我感觉胃开始翻腾，急忙起身跑到卫生间呕吐。嘉怡跟了过来，见此情景，她很紧张，一遍遍问我到底怎么了，是不是在外吃了什么东西？她给我拍着后背，又忙着给我接水漱口，嘴里还大声喊："妈！你快上来，你看小龙怎么了啊？"

听到喊声，父母一起跑上来。我告诉他们没什么，就是胃不舒服。父亲转身就走，说要去找医生。

吐完胃里好像平稳了一些。母亲和嘉怡扶着我回到卧室。刚躺下一会儿，父亲就把市医院的内科主任胡医师请到家来了。胡医生看看我，询问了我的症状，说问题不大，看来是原来就有浅表性胃炎，这症状应该是气滞或消化不良所致。听医生这么一说，大家都放心了。送走大夫，父亲又按医嘱，到社区医院找来护士给我输液。等我缓过来时，已经晚上十点半了。

我躺在床上静静地输液，折腾到后来已经有点困了。在外跑了一天，回家还没来得及洗澡，嘉怡用热毛巾给我擦着身子。我也真的累了，不声不响地随她摆布。她对母亲说，自己给我看着输液器就行了，输完了她会拔下针头。已经不早了，她让父母回房休息去。这期间，父亲一直在我房间陪着，虽然他看着我一直不说话，但我知道他在担心我。母亲又啰唆了一会儿，他们俩才一起下去。

看着全家人的反应，我深知自己在他们心里的位置。尤其是父亲，虽然我们平时很少交流，甚至像仇人一样对立着，但当我有需要时，他还是那个跑在最前面的人。这就是父子吧！没办法，谁让我是他唯一的儿子呢！

这次的胃病，让我和嘉怡又和好了。

时间静静流淌，我们又像老夫老妻一样过着没有激情的日子。嘉怡就是那种典型的传统淑女形象：长发、连衣裙、高跟鞋，面容和蔼，语速平缓，就像过去说的大家闺秀，有教养，不卑不亢，还有自己的一番事业，长辈都喜欢这种性格的女孩儿。但我总觉得她缺少激情，而我喜欢开朗活跃的女孩儿。

时间真快，一晃和梅清相识三个月了。在这三个月里，我们见过六七次面。每次交流都很少，主题只有一个，那就是做爱。我平时除了待客很少吸烟，但是不知为什么，和她在一起，我却禁不住。每次事后，我总会裹着被单斜倚在床头上，贪婪地点上一支烟，猛吸几口，我想在缥缈的烟雾里把自己彻底放空。

我把自己笼罩在烟雾里，不想说话，就是为了陷入一种无声的屏障里去，那像是一种安慰。有时我在想，我和梅清到底是一种什么关系呢？究竟是朋友、情人，还是单纯的性伴侣呢？现在我自己也说不清了。但我知道，开始时应该彼此都很清楚，那只是一见钟情的好感，更是一种欲望的吸引，是一种成人的游戏。但是，当接触多了，肯定会生出一份情愫。我还发现，她变了，不但眼里有别样的东西，对我也更加温柔体贴了。

有一次，她说爱上了我，很爱。

记得张爱玲说过，通往女人内心的途径是阴道。在床上征服了女人，也就征服了女人的内心。所以，我相信她说的是真话，她违反了游戏规则。

我呢？我爱她吗？我自己也不知道。我什么都给不了她，我也没主动找过她，每次去她那里，也都是她叫我去的，每次在一起，也总是纠缠于性事，发泄堆积已久的郁闷情绪。两个人在一起的时候，虽然每次都激情澎湃，能达到我想要的那种身体的欢爱，但我总是大脑空空，什么都不想，做完也就完了，没有余韵的美妙和幸福，内心也并不充实，我仍然有失落感。她也知道，她说能看到我眼底掠过的一丝忧郁和迷茫。

是的，每次事后坐起来穿衣服的时候，我都被严重的沮丧感笼罩着，我不能正视眼前的一切，洗手间镜子里是一张幽暗的脸，眼神那么空洞，甚至偶尔呆滞，一点也觉察不到激情带来的幸福的延续，反而像有什么东西从我体内流失了。

我似乎没有了灵魂，躯体成了一具空壳。激情和高潮退去后，我变得麻木，只想伸个懒腰，然后尽快离开这里。就像一场盛大的联欢晚会，无论场面多么浩大、舞台多么华丽、节目多么精彩，只要那《难忘今宵》的旋律一响起，所有看客都收起脸上的笑容，自觉地起立，有序地准备退场。活动结束了，参与者只想走人。

梅清没有留过我，每次我走她都不会说什么，但我能看出她那失落的眼神。我知道她也很茫然。

虽然把她扔下有点不忍心，但我从没想过留在她那里过夜，无论几点都想回家。我宁愿自己睡在客房里、书房里，或者睡在沙发上过。每次回到家，无论早晚我都会好好泡个澡，我把自己泡进浴缸里，闭上眼睛，让清澈的温水包裹住自己的肌肤，那是最舒适的时候，就像胎儿在母亲子宫里般踏实。我想洗去一切，浮出水面后，就是一个全新的自己。

梅清说爱上了我，她首先破坏了游戏规则。我不能再惹麻烦，所以我想，这场刺激非凡的游戏也该结束了。

但是，当我想要向她摊牌，结束这种关系时，她却又告诉我一个惊人的消息——她怀孕了！

一听这话我紧张极了，甚至气愤。我质问她：是不是诚心这么做的？都是你找的我，成年人的游戏为何不做好防护？

她反过来问我，说我为什么不采取措施？气得我不知说什么好。她又看看我，说："我想留下这个孩子，我自己有能力抚养，不用你管。"

我很生气地说："那也是我的，你怎么能想生就生呢？"

她哭了。我的心也软了，但我心里非常清楚，这孩子不能留。我又开始开导她：你知道我早已结婚生子，你知道我的情况，我什么都给不了你，也给不了孩子；我们在一起是自愿的男欢女爱，我们只是朋友，不能有过多的交集。我们都不要影响对方今后的生活……最后,她哭着答应去做人工流产。

次日早上,等父亲和嘉怡上班都走了,我和母亲单独在一起时,我问她要了两万元钱。我当时只说朋友有事急用,母亲没问什么就给了我。

我匆匆离开家去找梅清,带着她去了医院。但是,那天的情形却在我的脑海里留下了不可磨灭的印记,我永远也忘不了当时的情景。我们在妇产科检查完,就在人流室门外排队等候,梅清什么都不说,紧张得脸色发白。当护士叫到她的名字时,她起身往前走两步,又停下来回头看着我,那眼神就像是在等我的一句话。

我不敢直视她,一直低头沉默着。她见我没反应,就只好跟戴口罩的年轻护士走了进去。

接近半个小时,那个护士又出来叫我进去。当我忐忑地跟随护士走进人流室时,发现梅清躺在一个像床一样的架子上,两腿分开,高高擎起。护士让我把她抱下来,说可以走了。

我走近梅清,发现她头发散乱,脸色苍白,面无表情,眼角带着泪痕,人虚弱到了极点。

我笨拙地帮她穿上裤子,把她抱到旁边的椅子上休息。护士说可以回家了,还要做下一个,你们不能在这里影响工作。

我就抱着梅清下楼,开车送她到家。当时已经有一个女孩在家里等着了。这期间梅清多数时候闭着眼睛,她一直不说话,看着她痛苦的样子,我不知道说什么才好。原来,女人做人工流产竟然如此可怕,短短的半个小时,好好的一个人就变成了另一个想象不到的样子。

我出去买了好多营养品回来,嘱咐那个女孩儿好好照顾她,我又把身上所有的钱都放在她的床头柜上。我不知还能做点什么,看了看她转身就要出去。

当我走到卧室门口时,后面发出响声。我在镜子里清楚地看到,梅清吃力地抬起胳膊,使劲一扫,把那些钱都推在了地上。我停下来,心里狠狠地被抓了一把。我感到自己很虚伪,很卑鄙,但我又实在没有别的办法表达自己的心意,我只是迟疑了一下,还是硬着头皮走了出去。

当走出那道房门后,我就清楚地知道,我不能再见梅清了。

刀枪入库,马放南山。游戏结束了,虽然带着感伤。

那些天,我的情绪又陷入了低谷,和谁都不想说话,晚上难以入睡,早上又不能按时起床,孤独与寂寞如影随形,我深深陷入了一份说不清的情感旋涡中不能自拔。梅清的笑脸和倦容在我的眼前交替出现,我感到自己的残忍,对她心存愧疚,总有一种深深的自责感。每当看到儿子时,我就会想,如果梅清把孩子生下来,是不是也会像他这般可爱呢?她本想把孩子留下来的,是我逼着她做的人工流产,是不是可以理解为,是我亲手杀死了我的另一个儿子呢?

这次的情绪低谷持续时间很长,我整天无精打采,对什么都没了兴趣。

一天晚饭后,嘉怡说大学同学在QQ群里发起活动,圣诞节想聚一聚。陈昊和吴启明答应各出一万,她也答应我俩出两万做活动经费,现在已经定下来了,她已经把钱汇过去,让香港的同学做前期准备了。

这些天没心情,我一直没上QQ,根本不知道群里有消息。这帮人怎么会想到聚会呢?我说:"过几天就到奶奶的忌日了,爷爷也说要回来,我还想陪爷爷呢。"

嘉怡拉着我的手说："爷爷回来又不是待一两天就走，我想至少也会待一周的时间。同学聚会两天就结束，耽误不了多少事的。再说，这么久没见面了，大家都想叙叙旧。"

我没说话，她又看着我低声说："看你整天没精打采的，我这么答应，也是想让你出去散散心，咱俩出去走走呗。"

好吧，我确实有点想同学们了。我也真想换一换环境。我说："聚聚倒是可以，不过，我可是没钱出做经费呀，你可别替我乱答应。现在我自己钱还不够花呢，工作了倒没上学时候手头宽裕了。我老爸哪有你老爸对你那么好啊？他是资本家，黑着呢，就知道克扣我的血汗钱。这爸爸和爸爸的差距怎么会这么大呀！你那才是亲爹呢。"

嘉怡满不在乎地笑着说："谁说要你拿钱了？我只是给你个名誉，知道你是'困难户'，我都给你交完了。其实呀，咱爸这么做也是为你好嘛。你有钱就乱花，给你开多少钱都不够你用的。你说你什么时候有过积蓄呀？"

我白了她一眼，本想说点什么又打住了。说得倒是也没错，我和她真不能比，她工资、奖金、补贴什么都有，她老爸舍得给她钱，我看过她的银行卡，里面有六位数，她已经是个小富婆儿了。可我老爸对我特抠门儿，我也不会攒钱，卡里没到过五位数，偶尔还会有两位的惨状发生。

圣诞节前三天爷爷回来了，说能住半个月，过完元旦再走。

我很喜欢爷爷，他回来我总是抽时间陪着他，连作息时间都改了。每天早上我带他出去散步，陪他到处走走，然后在外面用过早餐，再把他送回家，之后我就去商城开始一天的工作。晚上也尽量留在家中陪他说话，他也喜欢我泡的茶，我每天都泡给他喝。

二十二

圣诞节到了，定的是24日和25日两天同学聚会，这次人还算比较全，召集了二十九个人。走向社会后，人变化真的很大，虽然才一年多没见，但很多人看上去更成熟了。

男同学说嘉怡曲线出来了，现在比上学时候漂亮多了。我就说，那是我的功劳啦。女同学都问她婚后生活有何感想，我想：其实是想知道我们俩现在关系怎么样吧？

她笑着说我对她很好，儿子也乖，结婚挺幸福的。我看着她们笑了笑，看来同学们都记着我们当初的事呢。我暗想，这大概也是嘉怡积极主张聚会，想见到同学们的原因吧。

出了校门，同学中顺风顺水的人很少，很多人在感慨理想的丰满、现实的骨感。从事本专业工作的没几个人，就算从事了本专业，也都是从最底层做起。那些曾经踌躇满志的人，开始重新思考自己的选择，重新规划自己的发展方向。大家玩了两天就各自回去了。

嘉怡说，在香港学习四年也没去澳门玩过，这次就到澳门转一圈吧，以后再来也许不容易了。我想她说得也对，就答应走一趟澳门。和同学分开后，我们先去我曾经打工的洗车场看了黄老板，然后从香港坐船去了澳门。

澳门虽然也是一个特别行政区，但是和国际大都市香港比起来，它就像是一个偏僻的小县城。虽然没来过澳门，但我对澳门也有一定的了解，这里是世界著名的赌城。

26日这天来到澳门，我和嘉怡首先造访了大三巴牌坊。那是澳门最具代表性的古建筑，也是澳门八景之一。

大三巴牌坊已有四百多年的历史，那是葡萄牙人侵占中国时，历经数年建造的圣保禄教堂的正面墙。整个教堂已被大火多次烧毁，最后只剩下这个类似中国牌坊一样的正门大墙。又因为"圣保禄"的粤语音译是"三巴"，故称作"大三巴牌坊"。牌坊壁上雕塑精美，有石狮头、铜鸽、日、月、星辰、圣母、耶稣、牡丹、菊花、玫瑰花、棕榈树，等等。这些雕塑精美绝伦，是西方宗教艺术与中国传统石雕艺术相结合的精品。这些精湛的雕刻，将巍峨的大三巴牌坊装饰得古朴典雅，充满了浓郁的宗教气息，给人以美的享受。

大三巴牌坊下有六十八级台阶，从下往上走，浩气逼人，令人肃然起敬。来到这里，你立刻就会想起澳门回归时的场面。那个盛大恢宏的场景，就是以大三巴牌坊为背景，六十八级台阶为场地而录制完成的。

大连和澳门都有着同样的屈辱史，都是曾经被列强侵占过的领土。当年旅美学者闻一多，曾为被列强侵占的澳门、香港、台湾、威海卫、广州湾、九龙、旅大七个地区写过《七子之歌》。《七子之歌·澳门》还被定为澳门回归的主题曲，那深情的演唱，不知唤醒多少爱国情怀。

沿着台阶一步步登高，耳边不由得响起了那撼动人心的旋律：

你可知Macau,不是我真姓,我离开你太久了,母亲!但是他们掠去的是我的肉体,你依然保管着我内心的灵魂。那三百年来梦寐不忘的生母啊!请叫儿的乳名,叫我一声"澳门"!母亲啊母亲,我要回来,母亲!母亲!

大三巴牌坊是澳门的象征,这里游人很多,大家都在不同的角度拍人拍景,留作到此一游的纪念。我和嘉怡也不例外。嘉怡走累了,坐在台阶上还不忘摆着姿势让我给她拍照。我还专门从不同角度拍下了牌坊整体和局部的照片,那是一种艺术享受。之后,我们又到金莲花广场转了一圈,才回到酒店休息。

在酒店用过晚餐后,我们刚要出去玩,就见有免费班车接客人。一打听,才知道是接游客去赌场的专车。澳门素有赌城、赌埠之称,与蒙特卡洛、拉斯维加斯并称为世界三大赌城。澳门赌业已有一百六十多年的历史。1847年就有了赌博合法化的法令。实行赌业专营,博彩业是澳门政府的龙头产业,听说内地一些好赌的有钱人来此大过赌瘾。

澳门大大小小的赌场都装修气派,富丽堂皇,以展示自己的实力,吸引众多游客以及赌客前往参观、竞技。凡是来的人都想碰碰运气,一试身手。

我听说过,在正规赌场赢钱主要靠的是运气,技巧并不占多大优势。赌场也不作弊,一来法律不允许,二来一旦员工和老板闹翻把实情捅出去,赌场立即诚信扫地,那就只有关门大吉了。设立一个赌场或者租赁一个赌桌都是相当不容易的事,按概率计算,"博主"肯定只赢不输,只要有客人就能赚钱了。所以他们不值得去冒那么大的风险，根本没必要，再说，赌博业的市场法宝就是诚信。所以，我想开开眼界，也想碰碰运气，就和嘉怡去了一个小型赌场。嘉怡只看不想参与，我却想试试身手。

我坐在赌桌前，嘉怡好奇地站在身后看着我。我们俩已经说好了，只是拿点小钱玩一玩，见识见识就走。但是，一坐在那里，就仿佛有一种磁力吸引着我继续下注，这期间有输有赢，很是刺激。

嘉怡见我手里的五千元钱一会儿就没了，在后面拉了我一下。我没理她，让她给我拿钱。她有点迟疑，可在众人面前又不好反驳，她就给我拿出一捆现金。我一不高兴，顺手把她手里的卡也拽了过来。

赌桌上输赢真的很快，不到一个小时，我从卡里取出的四万就没了。这期间嘉怡一直叫我走，可输了钱我真不甘心，总想：再试试运气，也许下一盘就能捞回来了呢。她一遍遍叫得很烦，我就当没听见一样，根本不理会她。

我正玩在兴头上，电话响了，一看是母亲打来的，原来嘉怡见自己叫我不起作用，就搬来了救兵。我迟疑了一下，还是没有收住手，继续下注。不久，电话又响了，我很生气地拿起手机，原来是父亲打来的。这时，我才感到不妙。我住手了，但是，已经从卡里取出了六万。

父亲的来电我明白是什么意思，没敢接。但是这个电话让我收住了继续下注的手。说实话，自从上次父亲暴打我一顿后，我真的很怕他，甚至心里产生了阴影。他真的会下狠手打我，那种皮肉之苦实难忍受，想起来都令人胆战心惊。

我神情恍惚地走出赌场，晚风一吹，大脑似乎也清醒了许多。真不知自己刚才怎么了，进来之前明明说好了只玩一下试试手气的，怎么坐到那里就像被一股巨大的磁场吸引住了一样，屁股根本抬不起来了，大脑也像失去了控制力。当时只有一个念头：再试一次，也许下次就能返本了。都说赌博有瘾，大概赌徒们都是这种心理吧。

我默默地走在回酒店的路上，嘉怡也心情沉重地跟在后面，我俩谁都没说话。我知道自己犯了大错，李家没有一个参与赌博的人，就连彩票和股票都不买，全都是从事正当经营，凭真本事挣光明正大的钱，从不做冒险生意，也不搞投机取巧的勾当。但今天，我把这个戒给破了。

在酒店，我靠在床头一言不发，心情坏到了极点。一个多月了，我的情绪一直压抑着，那种痛苦无处诉说。这次本想出来散散心，哪曾料到又犯下天大的错误。黄赌毒万万不得沾边，这是祖训。

嘉怡说明天回家，要订机票。我说："你回吧，我不回了。"说完，把脸埋在了被子里。

说实话，我不敢进家门了。父亲在家里迎接我的那顿毒打，肯定比上次还要重，我想想都心里发颤。赌博，还拿女人的钱去赌，我自己也感到抬不起头来……

嘉怡自己出去了。过了一会儿，母亲的电话打了进来，她让我回家，说知道错就好，什么事都等回家再说。母亲总是疼我的，她只会埋怨我，但不会对我怎么样，这我心里有底。但是父亲那一关我是过不去的，那才是我的心病。我把电话关了机，现在，谁都救不了我，我和谁都不想联系。

其实，静下心来想想，我在外面做的事按理说是对不起嘉怡的，我也一直心存愧疚，可又不能说出口，心里很压抑，所以才情绪不好，就更不想和她说话了。而这次出来，在赌场又强行拿了她的钱，更让我感到没面子。现在我谁都不想见，也没脸见。我真想再次出去流浪，到一个谁都不认识的陌生世界，自生自灭。

我一直在床上靠着，心思烦乱，吃不下也睡不好。嘉怡不离左右地陪着我，连吃饭喝水都是打电话叫人送来的。她总是不失时机地柔声劝我回家，我沉默无语。

一天，两天，除了嘉怡偶尔会到门外接个电话，两人一直关在房中，一切都进入死寂，我也感到度日如年般的煎熬。

第三天，也就是12月29日下午，嘉怡电话响起后又走出房门。我知道她是背着我通话呢。她这次接电话时间较长，我虽然蒙头躺着，但一切动静都心知肚明。嘉怡进屋后直接来到我床边，推了推斜卧在床上的我，说："翰翔，爷爷找你。"

我愣了一会儿，是呀，爷爷，爷爷还在家里呢。我起身靠在床头，接过嘉怡手里的手机。我只叫了声"爷爷"就说不出话来了。爷爷在那边说："龙啊，回家吧。别怕，有爷爷在呢。"

是呀，家里有爷爷在呢，现在也只有爷爷能救我了，我相信爷爷是不会让我再受那样的酷刑的。我嗯了一声，就把电话还给了嘉怡。我长长地舒了一口气，唉！现在的我身无分文，真的好可怜，竟然把手里的钱都输光了，如果不是嘉怡和我在一起，我连家都回不去了。

这怎么又到了这种地步了！我李翰翔算什么"富二代"？不了解真相的人还以为我有多自由、多风光呢，前几天同学们还羡慕我不用出去遭人白眼，不用自己去奋斗，还有闲钱拿出来组织同学会。可有谁知道，我就连婚姻都不能自己做主，工作也得不到合理报酬，还是老婆拿钱给撑面子呢。其实，我玩不能玩，走不能走，有太多责任不得不承担。今天，我又落得这样一副惨象,我其实就是一只没有自由、关在笼子里的可怜虫。

30日到家时,虽然有爷爷阻拦着,父亲还是怒骂了我一顿。他告诫我:从明年1月起,一分钱薪水都不给你开,一直扣到够还给嘉怡钱为止。花老婆的钱,给李家男人丢脸!

听了父亲的话,我羞愧难当,无言以对。最后是母亲把父亲拉走了。

那天晚饭后,爷爷叫我陪他出去走走。我明白爷爷的用意,就主动说:"爷爷,我知道自己错了,你放心,我说话算话,我再也不会接触这类事了。我发誓,澳门,我李翰翔不会再踏进那片土地一步。"

爷爷点头说:"好。龙啊,一定要记住,黄、赌、毒是万万不能沾边的。这些东西一旦沾染就难以收手,人格一落千丈,也就失去了信誉,这是商家最为忌讳的。沾染上这些恶习的人,轻则倾家荡产,重则丢掉身家性命。你记住,我们李家的人,就算有出去要饭的那一天,都不能失去尊严地活在这世上。"

二十三

2011年的新年到了,生活又掀开了崭新的一页。

男人以事业为重,新的一年,我想摒弃一切杂乱因素的困扰,给自己一个全新的开端,好好干一番事业。

我把办公室重新布置了一番,又买了一个以贝壳为主要原材料的龙舟造型工艺品"一帆风顺",摆在我办公桌对面的窗台上。这个位置我抬头就能看到。老话不是说抬头见喜吗,我要"抬头见顺",我祈祷新的一年顺心如意。

我想用一份新的工作消耗掉自己旺盛的精力,年初就一直考虑做个什么项目。后来见到峰哥商量了一下,他的酒吧也是两个人合伙开的,自己不是很忙,他也早有此意。没想到在创业上我俩一拍即合,就决定一起探探路子。

正好3月25日至27日,2011年第二届中国(青岛)国际重型汽车、卡车、专用车辆及零部件展览会在青岛国际会展中心举行,我和峰哥就去转了一圈,看看能否有小额投资的项目。因为我们都是外行,不敢贸然行事。还有,投资多了,我也怕父亲不愿意出资,他一直不支持我自己创业，他说生意越来越难做，不要在陌生领域冒着风险去投资。他还说现在母亲给我带孩子，他一人也忙不过来，暂时我能帮他做好眼前的生意就不错了。他说他也正在考虑新项目，以后会把两个商城都交给我打理的。不过，他也说还是走着瞧，让我注意点商机也可以，若是真遇到好的项目，看准机会也可以试试。但我们这一次却无功而返。

南方阳春三月春暖花开，而我们北方要进入四月才是春的开始。嫩草铺地，柳吐鹅黄，青山换上新装，大海尽情歌唱。这个春天，我和嘉怡领了结婚证，直到这时候我们才成了真正的合法夫妻。

四月初的一天，嘉怡回家说大陆游客赴台自由行可能于近期正式开放，北京、上海等城市的商务旅客，将会是赴台自由行最先开放的对象。她开始跃跃欲试，说如果真能开放去台湾旅游，就争取做第一批游客。她从小就向往阿里山、日月潭，她说要亲眼看看那如诗如画的美丽宝岛，让我和她一起去台湾旅游。我也被她的热情感染，一直注意着这方面的报道，等着那一天的到来。

一天，我去银行办事，出来时碰到个熟人，我们就站在马路边说话。可是，有一种直觉告诉我，有一双眼睛在盯着我看。我扫视了一下，发现在很窄的马路对面商铺门前，有个熟悉的身影一动不动地站在那里。

啊？梅清！

当我和梅清的视线对接上时，她有些慌乱，但眼睛还是没有离开我。我们隔着一条马路彼此对视着，谁都没有说话。我发现她瘦了许多，看上去比以前单薄了，妆也没有以前化得浓，不过依然是曲线突出，穿戴大胆前卫。就在我不知该不该过去打声招呼时，一辆公交车慢慢从拐角处开过来，挡住了彼此的视线。就在公交车驶过的瞬间，我再望过去时，梅清已经消失得无影无踪。

和梅清的这次不期而遇，使我那已渐渐平息的心海又泛起了波澜，我又想起了和她在一起的那些无法忘怀的日子。我曾无数次在夜深人静时因想她而无法入眠，我骗不了自己，我的心里是有她的。那个位置只是暂时被眼前的一些东西挡住了，而当无意中触碰到它时，自己才会发现，当初的那种情感依然存在。无论你把那称作什么，那就是一种情，一种无法忘怀的男女之情。

三天后，正在商场查看销售账目的我，接到了梅清的电话。我犹豫了一下，还是按下了接听键。但是，不是梅清打来的，而是她的室友。

那女孩儿说梅清病了，拿着手机盯着我的号码哭，高烧39℃还说坚决不去医院。她没办法才给我打电话过来。

一听这话，我的心被揪得狠狠地疼了一下。我放下工作，开车直奔她们的公寓。梅清的室友帮我打开门，我进去直奔她的卧室。当时的梅清正躺在床上，头发散乱，脸通红，上下嘴唇起了好几个火泡。她的样子好憔悴，一点精神都没有，我无言地看着她。

她的室友叫她，她挪动了一下身子，慢慢睁开眼睛。当她察觉到眼前站着的是我时，眼泪突然就流了下来，又把脸扭过去。我说不出话，俯身抱起浑身发烫的她就走。那个女孩儿急忙收拾东西跟出来。

她的嗓子都哑了，说话很吃力。我能看得出，这就是一股急火导致的扁桃体发炎。六个多月杳无音讯后，今天在这种情况下再次相会，我有很多话要说，但一时又不知说些什么才好。到社区医院后，医生检查了一下就给她输了液，慢慢地她睡着了。面对病中的梅清，想起自己对她所做的一切，我心如刀绞。美貌动人，真爱动心，我的心不能不再次被她打动。

可我什么都给不了她，也不知如何安慰她，我只好请那个女孩儿好好照顾睡着的梅清。我没敢和她告别，开车离开了医院。

回到办公室后，我什么都做不下去了。现在的我心绪烦乱，在房间内久久徘徊，拖到很晚才回家，张姨给我拿吃的，我看着一点胃口都没有。嘉怡回卧室睡觉去了，我到阳台吹风。那一夜我坐立不安，抽了很多烟，嘴越来越苦，嗓子越来越干，梅清的身影总是在我眼前出现。我无法排遣内心的愁绪。

这一夜，我失眠了，心中充满从未有过的惆怅。我知道梅清是爱我的，前几天在马路上的不期而遇，又揭开了她已经结痂的伤疤。

命运为何要安排有缘无分之人相遇？既然相遇，又为何让他们不得不分离？既然已经分离，又为何再次重逢？为何还要残忍地用重逢来揭开那已经愈合的伤疤？那种血淋淋的痛，让人情何以堪！

一夜无眠。次日，我是在烦乱和恍惚中度过的。第三天，我依然坐立不安，什么都做不下去。我实在按捺不住内心的冲动，买了一些水果和营养品，开车去了梅清的公寓。

那是上午十点多，梅清和另一个女孩儿在家。见我来了，那女孩儿就不声不响地出去了。

梅清虽然不发烧了，但身体还有些虚弱，她靠在床头，我坐在旁边的一把椅子上，相对无言。低头摆弄被角的梅清抬头看看我，又流泪了。我忽然不知如何是好，那些想好的话都杳无踪影了。这时的我只想安慰安慰她，便起身想拍拍她的肩膀。可是，我伸出去的手却揽住了她，她也张开双臂搂住我的腰，把脸紧紧贴在我的胸前。

梅清，这个病中的女孩儿，她迎着我抬起了一张泪水涟涟的俏脸，我无法抑制地迎了上去……

我又犯下了无法原谅的错误。我本想只是去看看病中的梅清，但那原始的欲望又战胜了理智的束缚，我们又冲破了那最后的防线。我懊悔极了，不只是为自己，更为梅清。

说实话，在上次梅清怀孕前，我想过和她一直保持那种类似情人又像是性伙伴一样的暧昧关系，那是一种很微妙、很刺激又带有浪漫色彩的享受。强加给我的婚姻我不得不接受，但我也可以品味一下偷情的快乐，而且不会给家庭带来麻烦，这是一件很奇妙、非常有诱惑力的美事。但是，她首先破坏了游戏规则，不但爱上了我，还怀上了我的孩子，这就非同小可，那种关系就不再美好，而且开始带有危险性了。这种关系若不及时制止，连带的麻烦不可估量。所以，我才那么武断地决定陪她去堕胎，之后下决心不再和她往来。

可是，既已分开，就应该一分到底，更何况现在我已有了合法的婚姻。

可今天，我们又重温了旧梦，我这不是又把这个女孩儿拉下水了吗？我真恨自己没有定力，把持不住自己。

可说实话，我是真的想她、喜欢她。我骗不了自己，一见到她就会产生强烈的欲望，那是一种最原始的冲动和占有欲，那是在其他女人身上从来没有过的反应。我觉得那也应该算爱，爱情不但是相互的欣赏、玩味，更应该有身体满足的欲望在里面。

梅清，她是我的一个魔。

我不知道是不是因为我没有谈过一场真正的恋爱，所以才会那么向往爱情，想象她的美、她的极致，甚至宁愿戴着枷锁去冒险。有时，静下心来想想，也不排除这里有我对陌生世界的好奇，以及大男子主义征服欲在作祟，更不排除生活的单调和工作的清闲促成的机会。因为我是一个事业至上的人，男人必须以事业为重，这是我的一贯主张。可我虽然有着旺盛的精力，但从没把全部精力用在工作上，我没有像其他毕业生那样出去独自闯荡社会，我直接就接过了自家商城的管理工作，而且早已对家里的生意轻车熟路。也许，当初我独自创业，把全部精力都用在刚起步的全新工作上，就不会有闲心顾及其他，更不会有这些麻烦事情发生了。

那次分开后，我和梅清也再没有联系对方，但是，我心里又开始想念她了。每当独处的时候，思念就慢慢爬上眼角眉梢，那是一种孤独的美，一种独自咀嚼的带有稍许苦味儿的甜。记得释迦牟尼说过：无论你遇见谁，他都是你生命中该出现的人，都有因缘，都有使命，绝非偶然。所以我也相信，最起码那些和你有真实情感的人，应该是前世修来的缘。

对于梅清，我真的放不下了，既然无法相守，那就相忘于江湖吧。

想不到的是，沉默二十几天后，梅清给我发了个短信：我怀孕了。

天呐！怎么会一枪一个准！当我看到这条信息的一刹那，一股无名之火腾地一下把我点燃，我把手机狠狠地摔在了地上。

可是，摔坏手机也是无济于事的。没办法，必须面对事实！我到柜台又拿个新手机，还是得主动和她联系。可我怕一说话就发火，想了想还是发信息为好。我就问她想怎么办。她回答说不用我管。

不用我管？不用我管你怎么还告诉我？气得我关了手机不再理她。

可这自欺欺人的方式是行不通的，我心里忐忑不安，她如果真把孩子生下来可怎么办啊！可如果不让她生就得马上堕胎。这时，上次做人工流产的情形立刻出现在我眼前，我真不忍心再看到她因我而忍受那样的痛苦，那真的太不人道了。

唉！她实在想要就生下来吧，管他名分不名分的，走一步算一步吧，车到山前必有路。也许这一切都是老天安排好的棋局，上天又要赐给我一子了。只不过，有些事情必须说清楚。

次日，我到商城处理完一些事宜后就去找梅清。可是，她不在公寓。我给她打电话，她挂掉。我又去了她的柜台，一个女孩儿告诉我：梅清回家了。

回家了？她回长春的家了？她这是想干什么？！我什么都没多想，开车直奔长春。

二十四

下午三点，我开车进了长春市区。我给梅清打电话，又被她挂断了。无奈，我发了条短信息：我已经到长春，你在哪里？

过了一会儿，她的电话打进来，带着哭腔说在医院。我没问具体情况，急忙按照她说的地址去了一家妇幼保健院。

原来，她下楼时不小心滑了一下，出现了流产症状，她母亲陪着她到妇幼保健院做检查。我到医院时，正看见她趴在床上哭。

孩子没有了。医生说这是上次做人流落下的病根，属于习惯性流产，以后恐怕不容易怀孕了。梅清一直在哭，听了这话，她母亲当时也哭了。我的心像被人狠抓了一把一样，怎么会这么严重啊！我把她送回家，上下楼都是我抱着的。我把梅清放到床上，她母亲坐在她身边哭个不停，嘴里还叨念着："作孽，作孽啊！"

看着母女俩都在流泪，我简直无地自容，不知道说什么才好，无声地离开了她家。

到家时已经午夜，嘉怡早已睡了。我把自己泡在浴缸里，浑身像散了架一样难受。

从浴缸里出来，我坐在沙发上不知如何是好，那一对母女伤感的画面总是出现在我眼前。我是喜欢小孩子的，我也能体会到一个女人对孩子以及对生育过程的渴望。那么想要孩子的梅清，如果被剥夺了生育的能力，那是多么的惨无人道啊。我无法挽回这样的局面，这都是我造的孽，我的良心不能不受到谴责。

不知道是几点了，嘉怡出来叫我回房间睡觉，可我已经麻木了，我没有反应。她过来推我，我才像从梦中惊醒一样。我不耐烦地让她躲远点，自己去了阳台。

我坐在靠椅上开始抽烟，我实在不知道这个时候自己能做什么，能给梅清一点什么安慰，那样也能为自己赎罪。可我毫无办法，只能在缥缈的烟雾里麻醉自己。我就一直那么傻傻地坐着，望着落地窗外夜色一点点退去，黎明一点点铺展开来。

我疲惫不堪地走在陌生的人群中，人人都在面无表情地赶路，我被他们挤得东倒西歪，却怎么也找不到自己的方向。忽然，前面人声鼎沸，有人在喊我的名字，我一抬头，见一群人凶神恶煞地向我扑来。我吓得大叫一声想要逃离，想不到却嗓音嘶哑，叫不出声，说不出话，一个趔趄，掉进了无底深渊。

我惊出一身冷汗，原来是做了一个梦。

我一看表，已经早上八点半了。嘉怡上班去了，她没有叫醒我。醒来后我发觉自己嗓子疼得要命，说不出话来，嘴里全破了。

我强打精神去卫生间洗漱，就见母亲上楼来了。她说嘉怡告诉她我一夜没睡，一直坐着抽烟，肯定遇到什么大事儿了。母亲还说嘉怡哭了。我沉默着，一言不发。我真不知从何说起。

母亲看着我心疼地说:"看你这样,到底怎么了,也不想和我说吗?那你自己能解决吗?除了我,还有谁能帮你?"

是呀,出了这样的事,除了母亲,我还能和谁说呢?我知道谁都帮不了我。但我真想有个说话的对象,我既懊悔又没有一点办法,我憋得好难受,我流下了眼泪。母亲坐在了沙发上,她不声不响地看着我,等我主动交代。

我站在客厅卫生间门口,把实情向母亲和盘托出。我说我又失去了一个孩子,我让一个女人忍受了那样的身体痛苦和精神折磨。她或许再也不能生孩子了,我很自责,感到自己是一个罪人。我不敢问,但我很惦记她,不知道她现在怎么样了。

母亲要我就在家里待着,不许我再去联系梅清。但她向我要了梅清家的地址。

次日一早,母亲就出去了,快到晚饭时才回来。我像病了一场一样在家躺了两天。

嘉怡带孩子出去买东西了,父亲说有事晚些时候回来。母亲把我叫到她的房间,告诉我她去了梅清家。我竖起了耳朵,急切地想知道她怎么样了。母亲看了看我说:"不用担心!她已经没什么事了。我到她家的时候,她正和她母亲坐在沙发上看电视呢。我给她留下8万元钱,说是给她补身子用的,就算一点补偿吧。"

我愣愣地看着母亲说:"你怎么能这样?她不会要的。"

母亲看看我,不屑地哼了一声,不紧不慢地说:"她收下了。"她又缓和了一下口气,接着说:"那女孩儿开始是说了句'不要',但她妈妈帮她收下了,她也就没再推让。"

母亲又看着我,我没有说话。她站起身拍拍我的肩头,说:"好了,没事了。一切都过去了。走,跟妈下楼吃饭去。"

我没动。母亲回头看看我,阴着脸说:"你记住,那是一双桃花眼!再不许和她交往了。就算你打一辈子光棍,我都不会允许这样的女人迈进我们李家大门!更别说给李家传宗接代了。"

我从没想到,一向温婉随和的母亲会说出这样的话。我坐在那里看着她一动没动。

那次分手后,我和梅清真的都没再联系,直到现在。

我不知道她的电话号码换了没有,反正我的一直没换。去年夏天,我遇到了和她一起卖化妆品的女孩儿,她说梅清回长春结婚了,当时还没怀上孩子,不知现在如何了。每次想起她,我都觉得对她有愧疚,我的良心就会不安。我希望她能找到一个真心爱她疼她的男人,她如果能有个孩子,那也是对我最大的安慰。

我常想,在我们的人生旅途中,会有很多人和我们发生各种关系。这些人中,有的人会教会我们成长,有的人会陪伴我们生活,而有的人是让我们装在心里用来怀念的。

这两年我经历了一些事,有时我会认为自己不再纯洁,但我还是觉得我自己并不坏,只是我的人生又多了些色彩,对待人和事,也可以用另一种眼光和思维来判断了。

二十五

那次梅清流产对我的打击太大了,我陷入了情感的低谷。那些天我整天无精打采,和谁都不爱说话,不但冷落了嘉怡,而且开始怨恨她:如果没有她用孩子来逼我,我怎么会这么早就结婚?不结婚,我就是个自由的人,我就可以和自己喜欢的女孩在一起,怎么还会经历这么多的痛苦!

我回家吃过饭就上楼,用玩游戏来打发时间,每天睡得更晚。嘉怡叫我,我也不理会她,而且感觉特烦。后来,我索性睡到了书房。我们又开始分房睡了。

这天,我刚到商城,叔叔就打电话让我立刻去公司。他的口气毋庸置疑,听得出正在气头上。我料想是嘉怡把我们之间的不愉快告诉她父亲了。我感到很烦躁,但叔叔叫是不能不去的,我只好硬着头皮前往。

到了后才知道,是叔叔查账,发现为建新仓库进的钢材每吨比市场价格贵了四百多元,他就问嘉怡怎么回事,结果嘉怡说是她堂兄报的账,她已经警告他了,也就差几万元,又都是自家人,这次就原谅他吧,他以后肯定不敢了。

我去时，见嘉怡堂兄从叔叔办公室出来，用手捂着脸，见我没说话，低头就过去了，当时屋里还传出叔叔的骂声。

叔叔说，刚查账就发现了问题，都是嘉怡心慈手软的结果。叔叔叫我尽快把近两年的建筑材料入账单重新审核，再和同期市场价做对比，如实报账给他，如果发现还有大的纰漏，就把他侄子辞了。家贼难防，他不能手软。他让我不要学嘉怡，亲情和工作不能混为一谈，"年底我做叔叔的可以给你发红包，这些年也没亏待过你们，但工作一是一、二是二，公司管理就要一视同仁"。嘉怡看着我没说话。

从公司回来后，客户来电，说发一份资料给我，让我上QQ接收文件。好多天没上QQ了，无意中打开空间，见个人中心有提示，嘉怡写日志提到了我。我怀着好奇心点开了她的空间。已经一周了，怎么日志阅读就我一个人呢？我忽然明白了，这是给我一个人权限的日志。

记得上大学的时候，看过一次摄影作品展，我被那落日下的胡杨深深震撼了。不爱写作的我，突然想抒发一下内心的震撼与感受，写了一首诗《胡杨——千古传奇》，发在空间里。

  这是生命的奇迹

  这是誓言的美丽

  种子和土地一次倾心的相遇

  他竟许下千年相守的誓语

  迎来无数次日出日落

  送走连年风霜雪雨，风沙呼啸

能把大漠平移

他却天神似的倔强挺立

茫茫大漠因他变换盛装带来生机

戈壁荒滩是你迎风斗雨凸显壮丽

遒劲强悍是大漠英雄的风采

悲壮沧桑是浩瀚千秋的大气

这是生命的奇迹

这是坚守的魅力

生长千年不死的顽强

死去千年不倒的霸气

倒下千年不朽的神奇

唯有你——胡杨

你是千古传奇

  我发了这首诗歌习作后，嘉怡在下面和了一首。我实在没有想到，她那么会利用空间传情达意，更想不到，她会那么用心点化我。她写道：

有没有一份情像你一样长久

有没有一份爱像你一样坚贞

有没有一个人像你一样守护

甘愿在茫茫大漠里

守护那份千年的相许

　　我在寻觅那伟岸的身躯

　　我在渴望那坚持的美丽

　　我愿献出你那样深沉的爱，仿佛

　　你对足下多情的土地

今天，我不知道她又写了什么，我怀着一颗好奇的心点开日志。原来，那是给我的一封信：

　　翰翔，我的丈夫：

　　我知道你遇到难处了，我是你的妻子，我能感觉到那是你自己难以解决的问题，我也知道你不会和我说，我帮不了你。翰翔，我把你的事告诉了婆婆，她是这世界上你最信任的人，也是你最爱和最爱你的人，我相信她会帮你解决的……

　　你知道吗，小龙？我整天小心翼翼，还是不能让你满意，真不知道怎么做才会让你快乐。昨天，我想去书房陪你，和你说说话，可你却把房门锁上了，在家里锁门，你在防着我吗？

　　张爱玲说，爱上一个人会低到尘埃里，然后开出美丽的花来。小龙，你知道我从小就迷恋你那对深深的酒窝，迷恋你调皮时那不染尘埃的坏坏的笑脸，喜欢你孩子般大男子主义的派头。我无视旁人的存在，因为你已经住在我的心里，并占据了我内心所有空间。我眼睛为你流着泪，心却为你打着伞，这都是因为我爱你，我不会被金钱、地位、时尚所迷惑，却被不爱我的你所降服。小龙，自从爱上你那天起，我就一直卑微着，我愿意等到尘埃里开出花来的一天。

　　翰翔，你听说过三毛和荷西的故事吗？荷西苦苦等了三毛六年，当三毛经历了种种波折又回到马德里时，荷西从背后紧紧地抱住了她。三毛问，现在如果我说愿意嫁给你，是不是晚了？你知道荷西怎么回答的吗？荷西满脸泪水地说："我爱你，我在等你，只要你回来，什么时候都不会晚……"

　　有的人很好，你很想爱上她，但就是做不到；有的人也许没那么好，可你就是忘不了她。嘉怡让我感动，我知道她为我承受了太多的委屈。她总是自己默默忍受，从不和别人讲，就连在父母面前都不提，她是怕叔叔的火爆脾气压不住，对我不利。就像今天，嘉怡帮她堂兄隐瞒事实，就是怕叔叔对侄子动粗。我知道嘉怡真的爱我疼我，我也想和她好好过日子，但就是做不到一心一意。我也不知道怎么回事，就是对她热不起来。

　　其实，静下心来我也审视自己的行为，暗暗告诫自己：冥冥之中，命运已经给你安排好了一切，你却并不知晓，还在这山望着那山高，正所谓"不识庐山真面目，只缘身在此山中"。也许我太富于幻想了，得不到的才是最好、最真实的爱情吧，只是我理想化了……

　　我又病了。还是上次的症状，胃痛、呕吐，什么都吃不下。嘉怡不离左右地照顾我，亲自下厨帮张姨给我做合口的饭菜。半个月后，我才能和家人吃一样的东西，我也习惯了有她相伴的日子。

　　这一年的后几个月，我们过得平淡、太平。

二十六

2012年是农历龙年，也是我和嘉怡的本命年。春节前两天，嘉怡给我买了一包红色短裤，还买了一双红色的袜子和红腰带。晚上她拿给我看。红短裤我倒是可以在里面穿，可红袜子和红腰带我一看就烦了，皱着眉头说："我可不穿，土死了，穿戴那个还不像个傻帽儿啦？"

嘉怡笑着说："就除夕晚上在家里穿一会儿，我自己也买了，咱俩都穿，我陪你一起'土气'一回。我妈说本命年不顺，穿红色的避避晦气。"

我看看她，然后不屑地说："切，练瑜伽就练呗，什么时候还学得迷信了？"

她从刚削完皮的苹果上切下一小块，放到自己嘴里，把剩下的递给我，边吃边说："就是解解心疑嘛，反正也不费什么劲儿，除夕晚上你就陪我穿一下好不好？嗯？"

我按嘉怡的话做了，但是，这一年仍没逃过一些不顺事情的困扰。

龙年春节后不久，想不到长时间不联系的小叮当，又在QQ上给我留言，说上次来大连，房租到期她又续了两个月。后来因为牵挂孩子，就回家了。还说她挣的钱去掉房租和日常开销所剩无几,这才体会到在大城市生存的不易。可回家后什么都没做成,老公依旧优哉游哉、我行我素,她只能打点零工维持生活。她说,最近很想我,还想来大连看我。

看到她这些留言,我果断拒绝了她。我说,我们都好好过自己的日子吧,不要再见面了。大连你随便来去,不过那与我无关。她没有再说什么,我也就把这事放下了。

峰哥最近情绪不太好,说生意越来越难做,两人合伙根本赚不到多少钱,黑白颠倒又很辛苦,还是想改行做点别的。也确实看得出来,酒吧客人不多,没以前热闹了,也许是这种休闲场所越来越多的缘故吧。我也一直在留意新项目,同样也没着落。

这天,我正在商城汇总账目,小叮当给我发来信息,说已经到了大连,还说了一个宾馆名字。

已经很久不联系了,今天怎么突然说起这些无聊的话,谁知道是真是假,我没有理会她。谁让她开始与我交往就没有说实话,现在我已经对她说的内容的真实性产生了怀疑。

我想我真的放下她了,因为现在她每次发来消息,我都没心思与她交流,真不想和她再有什么瓜葛。可是第二天,她用宾馆电话给我打了过来,说想见我一面。听语气,她像是哭了。

看来她说的是真的了,她真的来大连了。我很苦恼,见还是不见呢?说实话,我已经对她没有什么感情了,甚至可以说没有什么好印象了,当初的激情早已随着谎言和争吵烟消云散。可现在她大老远地为我跑来,我若不见,又似乎有些不近人情了。

想来想去,在下午三点多钟商城没什么事时,我去了她住的宾馆。

那是一家二层楼的小宾馆，坐落在一个较窄的巷子里。我进去时，正有一个十八九岁的女孩儿和一个中年女人坐在门口看电视。那中年女人面容和善，见我进来急忙迎过来，问我住店还是找人。我先问好情况，求她陪我上楼见一个人。她看了看我，开始有些迟疑，但还是答应和我上去了。

敲开了小叮当的房门，我站在门口故意把门敞开着。中年女人很善解人意，什么都没问，只是站在门口等我。小叮当见此情形也没说话，转身往里走。看得出她比上次见面时憔悴了不少，脚上是宾馆准备的一次性拖鞋，上身穿一件半新半旧的咖啡色针织衫，头发松散地挽在脑后。

我整体扫视一下房间，房间很小，没有窗，靠墙角的一张双人床占据了绝大部分地面，除了空调，连一台电视机都没有。我在门边的垃圾桶里看到了两个撕坏的空方便面袋，想来她是以方便面充饥了。看到眼前的一切，我的心抽搐了一下，无论怎样，还是对她有一些别样的情感的。

我说，大连属于沿海开放城市，这几年发展很快，正逐步与国际大都市接轨。这里聚集了全国很多优秀人才，竞争也越来越激烈，你除了跆拳道之外没有一技之长，在这里很难站稳脚跟。更何况这里消费相对较高。我劝她还是回家好好过日子，找个正经工作，不要拘泥于教练，那是吃青春饭的活儿，总不长久。

这期间我一直站着和她说话。她眼眶湿润了，说这些她都明白，也是想见我才过来的。

我相信她现在说的话是真的，但我无法再接着她的话说下去了。沉默了一会儿，我说我很好，不用惦记我，你还是赶快回家吧，好好抚养女儿，我也希望你今后的生活能好起来。

这种说话方式很尴尬,与人打交道从来不犯愁的我,第一次感到无比别扭。我没再说话,拿出三千元钱放在桌子上,转身走了出去。

在我最迷茫的时候,是她给了我温暖,而在我全力付出、冒着风险接纳了她的时候,她又用真相狠狠地给我泼了一盆冷水,而且无情地伤害了嘉怡。

要知道,当初我接纳她的事情如果让我父亲知道了,我是逃不过更严重的皮肉之苦的。如果让叔叔知道了,就算为了面子,他也不会原谅我,那后果更不堪设想。所以我才对她那么失望。这件事我从心里感谢嘉怡,她一直对我们双方家长守口如瓶。我知道,她这是疼我。

覆水难收,一切都过去了。爱已成空,往事随风,好自为之吧。我知道她日子过得艰难,但我不能再给她钱了。三千元,应该够她往返机票了,我不能再给她留有任何希望。

回到商城,打开电脑上了QQ,我犹豫了一会儿,还是把那个曾经熟悉的头像拉入黑名单,彻底删除……

二十七

　　三月的一天，市电视台的刘哥给我带来一个女客户，是他们台新成立的一个采编组负责人。她曾是个主持人，在电视上露过几次面，只是不太为人熟知。刘哥介绍这是华华，让我称她华姐。虽然当天没有买东西，但我还是带他们到不远处咖啡厅坐了一会儿，彼此更熟悉一些。电视台买的设备相对来说质量要求更高些，价位同样就高，利润也是同理，所以，我很愿意同他们做生意。

　　次日下午，华姐带着一个年轻人来了，说是他们的摄影师，挑了一台摄像机和一些零散东西先走了。当时已经是快下班时间，华姐说请我吃饭。

　　买了我的货，我怎么能让买主请吃饭呢，更何况是位女士。既已到饭时，我就问华姐想吃什么，小弟请才是。她要求不高，就到附近一个小中餐馆随便吃了点东西，她还喝了一瓶啤酒。那天她没开车，吃过饭送女士回家是必须的了。坐在车上时，华姐一直闭着眼睛不说话，到她家楼下了，她说头晕，我也就下车关照着她，陪她一起上楼。

　　她家住五楼，她打开门让我先进去。可我刚一进去，她就敏捷地闪身跟进，把门带上了。她靠在门上笑着说："李少爷，你看我像喝多了吗？"说着，把手搭在我肩上。

"华姐，你……你这是什么意思……"我有些紧张，她怎么会用这个口气和我说话？她家没别人吗？

"帅哥，姐听说过你。都说你很有个性，连白大小姐都不放在眼里。又传说你很有女人缘，这一见面你确实很帅，很讨人喜欢。我们俩好好合作，姐不但会关照你的生意，还会把其他部门介绍给你，以后肯定让圈里人都过来捧你的场。"

她又抿嘴笑了下，说："明人不做暗事，你放心，我和老公是周末夫妻，我们都很自由，谁都不管对方的生活圈子。这是我自己的家，我比你更注重名誉，所以，不会给你添麻烦的。"

"哦，谢谢华姐关照小弟。给我介绍客户，我当然不会亏待了华姐。不过今天我还有点事，先告辞了。"我朝她笑了笑，急忙转身走了。

最近生意不好做，我当然需要客源，我明白不能得罪她。这应该是一个既前卫浪漫而且爱幻想的女人，对这样自视过高的女人，只能和她打太极，你来我往，若即若离，敬而远之，为我所用。

几天后的一个上午，华华又来了，还带来一个五十岁左右的男人，说是省摄影协会的什么常务理事，要到欧洲旅游半个月，想添置一些摄影行头。我说看在华姐面子上，他买什么都算批发价。他自己挑了一些，价位质量都很满意。临走时他说，明天把另外几个同行者带来，在柜台买就可以了。

这些专业摄影人员用的设备多数是进口的，利润较高，买一次如果认可了，下次自己就会找上门来。看来这个华华真的很有潜力，我向她偷偷竖起了大拇指,她会心地笑了,陪着那人一起走了。

中午,我给华华发了信息,说请她吃西餐,她很爽快地答应了。白天请她吃顿饭高兴高兴,无所谓,晚上我是不会和这样的女人出去的。下午都有工作要做,都没有喝酒,吃了饭轻松分手。可是,华华从此偶尔会给我发个信息问候一下,晚上也约过我出去喝咖啡,我就婉拒了。

几天后,华华又带制作人来看了一些设备,但是没买。临走时她有意走在后面,微笑着说请我下班后去她家一趟。我说晚上已经约了人,哪天我请她。我还说,她买的或者介绍来的客户,我都会给她提成。她没接我的话,笑着说,她只想让我去她家给我煮咖啡喝,尝尝她的手艺,或者在烛光下喝杯红酒,至于提成她无所谓。

我笑了,没说什么。这女人,好贪。你以为我是小白脸吗?我李翰翔的豆腐是你随便吃的吗?真是小瞧本少爷了。

次日下午,一个客户把拖的欠款送过来,我又把当时的营业额放一起,带着九千八百元去银行存款。我停好车,拿着包出来刚走几步,一辆摩托车从后面呼啸着开了过来。我一回头,车后座上的人一把抓住我的手包,我本能地往回拉,却被拽得跌倒在地。

摩托车把我带出六七米远,既已拉不住又很危险,我只好松开了手,眼睁睁看着两个穿迷彩服戴头盔的家伙骑着摩托跑远了。

真是倒霉!包里的现金、银行卡、手机、身份证都被抢了。我明白,我这是遇到飞车贼了。这种情况在电视网络上都看见过,一般都是流动作案,在一个城市作案两三起就换地方。如果一次抢得够本儿,马上就离开。抢钱者都戴着头盔,把脸遮得严严实实的,身穿极普通的衣服,车是盗来的,或者车牌是假的,所以很难破案。

做梦也想不到，这样的倒霉事让我遇到了。最近还真没听说过有飞车抢钱的案子，看来我这是第一起案件了。本命年不顺，这就来了不成？

我的手和肘弯、肚皮都被地面磨破，出了血，嘉怡新给我买的T恤也磨坏了。路人帮我报了警，110到场还算迅速，也就五六分钟。他们把我带回去做笔录，然后又移交派出所，折腾了几个小时。这期间，父亲、叔叔、嘉怡也都赶到派出所看我。见我没大碍，父亲和叔叔先走了，嘉怡一直陪在我身边，办完一切手续一起回了家。

我被抢的那天晚上，不少朋友打来电话问候。华华真是消息灵通，她也知道了我的事，打电话过来问我伤得怎么样，语气很是关心，还说要给我压惊。我谢了她，心想：让你压惊，有点悬。

只是一些皮外伤，我也没休息，次日照常上班。可到晚上要下班时，华华真的敲开了我办公室的门。她很急切地走向我，说："这飞车贼咋又出现了，怎么又偏偏让你给遇上了呢？真是的，莫不是抢钱也挑帅的来？"

她隔着桌子坐在我对面，又忽然站起来，向前探过身子，惊讶地说："哎呀，这下巴是昨天磕破的吧？啊，都结痂了。"说着，就用手来摸我的脸。

我坐在转椅上转身躲开了，顺手拿起了左侧电脑旁的一本杂志。我笑着说："没什么，只是擦破点皮。华姐，最近刘哥怎么样？好多天没见到他了，你们都挺忙的吧？你们这些电视工作者呀，都是大忙人。"

她把手缩了回去，很勉强地笑了笑，说："你问刘浩啊？嗯，都挺忙的。他在你这里生意照顾得不少吧？我们呀，关系铁着呢。这不，是他把我介绍给你的，我这就来了。你说，我也同样可以把他介绍给别人不是？

这年头，有生意谁都抢着做呢。"

这女人，点我吗？带点威胁的口气了。

我明白，像她这样站在镁光灯下被人羡慕的人，一般都有一种强烈的虚荣心和优越感，丰厚的收入和影响力，已经把他们推向社会的上层地位。不过，他们还是处于虚浮夸张的阶段，很多人处于一种没有根基的浅薄状态。长江后浪推前浪的竞争压力，促使从业者更显得漂浮不定，更令一些人在位时虚张声势，制造影响，以提高个人身价。

我笑着说："是呀，我们这些小生意人，哪能和你们这些又有地位又风光的电视人相比呀。平民百姓做点生意不容易，有生意谁不想做呢！"我又故意耍了个鬼脸，拱拱手说，"小弟全凭哥哥姐姐们帮衬了，这厢有礼了。"

华华笑得很开心，热情地说："姐会帮你的。走，今天华姐请你吃饭，给你压惊。"

我有点为难地说："华姐，真是对不起，我岳父在等我，让我和他一起去陪客户吃饭。五点半，时间都已经定好了。"

"哦，这样啊。那明天，明天晚上华姐安排了。"她自信地说。

"嗨，华姐呀，谢谢你的美意了，这份人情小弟都领了。只不过小弟这几天要陪我岳父出差，真没时间。以后方便还是我请你吧。"

华华看看我，没说话，脸冷了下来。

二十八

那次和华华分手后，真的消停了一些天，她不再给我打电话发信息了，看好的设备也没来买。

我明白她是生气了，或者是玩个欲擒故纵的手腕，就看我是否能沉得住气了。

想和我比耐性？等着吧。你也太自视清高了。爱买不买，就你这一盘小菜，缺了你我还不做生意了？我继续忙着自己的日常事宜，虽然感觉无聊，但还是按部就班。

这天，我正在和堂哥视频聊天，突然接到一个令我无比震惊的电话，说峰哥出车祸死了。

原来，最近峰哥因生意不景气，托一个朋友弄了些摇头丸代卖，没想到运气不好。他本想出去躲一段时间，避避风头，可是，在出去的路上，雨天超车出了车祸。很惨，车钻进前面大货车底下，人当时就不行了。

我去参加了峰哥的葬礼，回来后久久不能平静：两位白发老人送走了黑发儿子，还在襁褓中的孩子失去了父亲，年轻漂亮的妻子成了寡妇……

都说天有不测风云，人有旦夕祸福，看来世事真的无常啊！生命真的是太脆弱了。正常的生老病死，还让我们有个缓冲的时间，能慢慢接受，而这样飞来横祸突然离去，让人在情感上确实难以接受。

表面看起来，我好像有不少朋友，但确切地说，其实都算是观众，都是一起享受欢乐的人，能真正交心的没几个，峰哥算是其一。他的离去对我打击很大。通过这件事，我也认识到，虽说每个人都是独立的个体，但我们又和那么多人息息相关。生命是自己的，但你不是只在为自己而活，你的身上聚集了那么多人的牵挂，你的来去关乎那么多人今后的命运。死了的人一了百了，活着的人却要承受那漫长的情感煎熬，体验生离死别的苦痛，那才是最艰难的。

我真真实实地看到，原来生命竟是如此短暂，短暂得不知道下一秒会发生什么。我不知道峰哥在出事的一刹那，内心想的是什么，也不知道他还有多少心愿没能达成，还有多少承诺没能兑现，还有多少梦想没有来得及实现。

繁华落尽，平淡归真。但愿看似已经有所悟的峰哥，在世上这短暂的三十年生命中，没有留下遗憾。

记得大仲马的名著《基督山伯爵》里有一段话，说："这个世界没有幸福也没有不幸，只是一种处境和另一种处境相比较，仅此而已。唯有经历过最大厄运磨难的人，才能感受到最大的乐趣。必须想到死的痛苦，才能懂得生的快乐。"

是呀，必须想到死的痛苦才能懂得生的快乐！我们这些活着的人能做的，就是好好珍惜眼前的一切，让爱我们的人，因为我们的存在而得到欣慰；让我们爱的人，因为我们的走近而带来温暖。

峰哥的离去对我触动很大，心情沉重好长一段时间，我变得更宅了。

只要我留在家里，嘉怡就很开心，她自己社交少，也不愿意我和朋友们多交往，她总说酒肉朋友不是朋友，我不想和她理论。

一天晚上，我冲完凉出来时，见嘉怡拿着我的手机委屈地流眼泪。我一看就来了气："怎么了？还学会检查我手机了？你这也太不尊重我了。"

嘉怡解释说，我在卫生间时有电话打进来，可振动两声就停了，过一会儿就收到一个短信。她以为有什么急事，第一次看了我的手机。原来是华华发来的信息，说今晚她在家请我，让我好好陪她喝杯咖啡，明天就去我那里提货。

我很生气，埋怨她不该查看我手机。我告诉嘉怡，这是我的一个客户，市电视台的主持人华华。嘉怡不信，哭哭啼啼地说："买你东西还请你喝咖啡？有这样的道理吗？还让你去她家，你们肯定有什么见不得人的勾当。"

我也气急了："本来没什么事，你怀疑我干吗？现在还学会查看我手机了，越来越不像话了。好，我今天就当你面打给她，看我和她到底什么关系。"

我把电话拨了过去。华华一接，我就不耐烦地说："华姐，请你别绕弯子了好不好？我的货现成的，你也看见了，我也没收你订金，来我这里提不提货你自己决定。但烦劳你别大晚上又是电话又是信息的，我也是有老婆孩子的人，你这样做会给我们夫妻造成误会的。"

说完，我就把电话挂了。我怒视着嘉怡咆哮道："听见了吧？我们就是这个'勾当'！我断定她肯定不会再烦我了，你满意了吧？"

"不来就不来，和这样轻浮的女人做生意也没什么好的。我也不想你做这个工作了，和我一起去公司吧，公司事儿多着呢。再说，我爸早晚还不是要把公司交给咱俩的，你不熟悉业务也不行。"嘉怡又提起去公司的事。

我是不想去的，我才不想让人家以为我靠老婆吃饭。我告诉嘉怡："公司我不会去的。你以后也少碰我手机，太不尊重我了。如果我真有什么事，还会把手机随便扔到沙发上？真是笨死了。"我又开始和她怄气，不理她了。

我也不知道为什么，嘉怡一惹我生气，我就很烦很烦，总感觉委屈，就想起强加给我的婚姻。有些记忆很容易模糊，我不知道这事的记忆为什么就不能淡忘，一有不愉快就会想起来，气上加气，越发疏远她。有时我也想，如果换作别的女人和我一起生活，是不是就不会有这些烦心事发生了呢？

不知是巧合，还是母亲有意安排，母亲说，她一个多年失去联系的表姨，又有消息了。那是姥姥的一个感情很好的表姐，三十年前随丈夫回河北老家，后来失去联系了。姥姥越是上了年纪就越思念亲人，最近身为警察的舅舅托熟人，打听到了老太太的确切消息。

母亲说，那个表姨原来住在抚顺乡下，她小时候放假去表姨家玩，一住就是三天五天的，三个表哥、一个表弟和她感情都很好。算来，老太太已经有七十九岁了。母亲说要去看看她，她要我和嘉怡带孩子一同前往。

二十九

姨姥姥家住的地方较偏僻,母亲的表弟到县城接的我们,这是我第一次去乡下。

当我开车进村子时,看见很多村民站在路边或自家房前,远远地看着这一家远道而来的亲戚。当时,姨姥姥家里正在准备午餐,已经聚集了四个大家庭的二十几口人。

在他们家大门外,我见到了那个我应该称作姨姥姥的老太太。母亲下车抱住姨妈,两人都激动得流下了眼泪。老人身体还算硬朗,人很瘦,但是耳不聋、眼不花,走路也很稳。她拉过我儿子的小手,看了又看,亲了又亲。又拉着母亲说,三十年没见了,这一见面,原来的小姑娘都变成奶奶了,她也老得不行了。

这么说着,就见老太太一层一层撩开衣襟,从贴身的衣兜里掏出一个旧手帕包,慢慢打开。我看见那手帕包里面有几张十元纸币。她拿出六十元钱给了我儿子,里面就剩几张一元的了。

见此情景,我和嘉怡都急忙阻拦,不让儿子接。可母亲却说:"拿着吧,这是太姨姥姥的心意,是见面给孩子的压岁钱,不接着她心不安的。"

　　说实话，这里真的很贫穷，我没想到乡下会是这个样子。他们房子虽然不小，但是墙瓦都已经比较旧了。因为房间没有纱窗和纱门，室内苍蝇到处乱飞，卫生条件很差。所以，看着满桌子的饭菜，我和嘉怡也吃不下。多亏母亲事先打过招呼，说想吃煮的笨鸡蛋和煮玉米，否则我们不知吃什么才好。

　　母亲最关心的，还是姨姥姥的身体和生活状况。来了才知道，兄弟四家过得都不算宽裕，这老太太每两个月轮流住在一个儿子家里，母亲听了显得心事重重。后来她就和大家商量，说我大姨年纪大了，禁不起折腾，我看就让她自己选一个对脾气的住下来吧，这么挨家走，她心里也总是不安稳。

　　看几个儿子都有难言之隐的样子，母亲就让老太太自己选。老太太说，老儿子、儿媳性子都和善，对她挺好的，就是比别人家还困难。愿意住在他家，只是怕他负担不起。

　　听了这话，老太太四个儿子都没说什么。母亲说："哥哥弟弟们，那今天我就给做主了，就让我大姨住在老兄弟家吧，今后她的生活费我管了，我每月汇来一千元钱，你们就尽力好好照顾照顾她，让她安度晚年吧。"

　　母亲又拿出五千元钱交给老太太，说这是给她的零花钱。母亲对她说，以后你想吃什么就自己买，别舍不得花，生活费是交给他们的，你手里零花钱我还会给你的。

　　听母亲这么一说，大家脸上都露出了笑容。母亲又把自己的电话号码写下来交给老太太，说你有事就按这个给我打电话，谁借给你手机帮你打电话了，你就给人家二三十元钱，这样就都愿意把手机借给你了。

见此情景，我也想表示一下，刚要掏钱夹子，嘉怡就挡了我一下。她说："姨姥姥，我和翰翔没给您买什么，我们俩也给您留一千元做零花钱吧，这算我们孝敬您的。"她边说边从随身的包里拿出一千元钱，把钱双手递给老太太。

老太太高兴得不行，一直夸奖嘉怡是个好孩子，认亲，懂事。

母亲也很高兴嘉怡的处事方式，看得出一脸的喜悦。这一点嘉怡真的做得很得体，上次去看姥姥，她不但自己买东西，临走时还给姥姥留下五千元钱，说是我俩的心意，其实她都没跟我商量过，完全是给母亲装脸面。难怪母亲对她那么好，总是替她带孩子，我俩生气时也总是向着她而反过来说我。父亲也说她比我强，他俩都被她收买了。

母亲带着我儿子陪着那一家人叙旧，我和嘉怡跟他们都不熟悉，他们也不善沟通，看着我俩显出很拘谨的神态。索性，我和嘉怡就到外面走走。

他们家在村子边，不远处有条小河，水很浅，很清澈。夏日的太阳火辣辣地照下来，烘烤着田野，照耀在河水以及岸边绿油油的蒿草上，空气中飘浮着青草的味道。

嘉怡穿着高跟鞋，磕磕绊绊地沿着河边走，手里打着一把水黄色遮阳伞。她还采摘一些淡蓝色的小野花攥在手里，有很多红尾巴的蜻蜓在我们身边绕来绕去。乡下空气清新湿润，置身这里，有一种身心放松的感觉，我也很是开心。我们越走越远。

可伏天就像孩子的脸，说变就变，刚才还是晴空万里，艳阳高照，一会儿工夫就飘来一片云彩，倏地就下起雨来。这时的太阳只遮住了半边脸,真是东边日出西边雨。我和嘉怡急忙找可避雨之处,刚才那种好心情顷刻间就无影无踪了。

我拉着嘉怡首先跑到岸边的一棵大柳树下躲雨,但我知道,雷雨天树下避雨是不安全的。我们站在树下四下张望,寻找着更安全的地点。

这雨下得急,稠密。小河很浅,水涨得就很快。河面一点点蔓延出几倍的宽度,把岸边的小草几乎都淹没了,只剩下一点草尖露出水面,眼看水已经快漫到树根了。我发现不远处玉米地边上有个人字形的窝棚,我便拉着嘉怡想冒雨跑过去。可刚跑两步,就听见旁边树丛里好像有什么东西在挣扎,把我们吓了一跳。仔细看,原来是一只羊,似乎被拴住了。

穿着高跟鞋的嘉怡跌倒了,而且把脚崴了,伞也掉到了地上。

我嘴里埋怨她笨,但当看到她痛苦的神态时,我的心却疼了。反正衣服已经湿了,我索性把她抱到旁边一块大石头上坐下,俯身帮她把鞋脱下来,查看伤势。看着雨水伴着泪水从她脸上一起往下流,我一时也不知该怎么办,只能安慰着她别怕,试一试还能不能活动。这时候,我大脑里已经没有避雨的概念了,只想看她伤得重不重,我祈祷最好是扭伤,可别伤到骨头啊!当时我很怕她出事,我只想她好好地陪在我身边。

以前我都想不到,在我们俩共同与外界的因素搏斗时,我会油然生出一种责任感来。我必须保证她的安全,不能把唯一的同伴伤了、丢了。

雨渐渐停了下来,四处都是湿漉漉的,阳光洒在水淋淋的世界里,河面熠熠生辉,清新刺目。周围特别安静,听得见身边芦苇清脆的拔节声。我和嘉怡穿着贴在身上的湿衣服坐在石头上,我给她按摩受伤的脚,她乖乖地坐着，把手放在我的脸上，又来摸我的酒窝。不远处那只羊也开始咩咩地叫起来。

看嘉怡不那么疼了，我就说："上来，我背你回去。不然他们该着急了。"

嘉怡说让我扶着她走就行了，背着太累了。我斜眼瞧了瞧她，说："看你那湿漉漉的，衣服都贴身上了，你自己走，不怕咪咪都让人家清清楚楚地看出来了？"

她不好意思地笑着拍打我："坏死了你。"

我俯下身去，说："来吧。你看咱来的时候，那么多人看热闹，现在咱俩再给他们演一出戏吧。"

嘉怡问我什么戏。我说："你怎么那么笨呢？不是有一个美丽的传说吗？"

她马上接过来说："想起来了，有一个美丽的传说，精美的石头会唱歌……那是一个早些年电视剧里的歌曲。不过这里的石头没唱歌，倒把我的脚给崴了。"

我不耐烦地说："你这是哪儿跟哪儿呀？真笨！我是说，咱演一出猪八戒背媳妇的戏。当然了，猪八戒那么丑，怎么能跟我比呢？不过你比高小姐可丑多了，那就将就着看吧。也是一美一丑，互补了。"

"你才是丑媳妇，你才丑，你丑你丑……"嘉怡气得在我背后又拍又打，还直咬我的耳朵。

走着走着，忽然一个奇怪的念头在我脑海里闪现：如果我是个农民的儿子，如果我没有读过几年书，也没有走出过这穷乡僻壤，是不是也就和这里的村民一样？一脸的纯朴与懵懂，很容易就能得到满足，也就没有那么多奢求和幻想了呢？我和嘉怡是青梅竹马，又凭父亲和叔叔的关系，理所当然地成了一对儿被人羡慕的夫妻。如果那样，我和她是不是就会很知足幸福地生活在这里了？这庄稼、这河水、这草地、这羊叫声，就成了我们生活的全部了……

三十

今天是2013年2月3日,农历龙年腊月二十三,是中国传统的小年。

这天,我请员工出去玩了一晚上,这是每年都要进行的节目。一年到头,大家欢聚一下,我给员工发红包、祝福新年,这是他们最开心的一天。这天我也给自己包了一个红包,希望自己蛇年生意红红火火,一切顺心如意。

节日气氛越来越浓郁了。腊月二十八,我和嘉怡带着儿子如期飞往曼谷,去陪爷爷过四世同堂的春节。

现代化的交通工具,能使天涯海角变得不再遥远。才几个小时,我们就从冰天雪地的中国大连飞到了百花吐艳、气象万千的泰国首都曼谷了。从飞机窗口俯瞰地面,被称为"黄袍佛国"的曼谷透过一层淡淡的云雾,渐渐展现在我们面前。

又是堂哥瀚宇开车到机场迎接我们,我每次来曼谷都是他接机。他很有哥哥的样子。虽然不常见面,生活环境和接受的教育也不相同,但他很认亲,我们感情很好,这就是血浓于水吧。

我昨天已经和他在网上视频了一会儿,所以见面也不感到突兀。我俩网上聊天必须通过视频，别人站在身边，都听不懂我俩在说什么。因为我俩对话时汉语、英语、泰语、手势一起来。堂哥平时说的是泰语，在学校又学了英语，在家里伯伯和爷爷还教他说普通话，他还和来曼谷的广东商人学了点粤语，结果他除了泰语说得流利外，别的话都一知半解，和我说话大杂烩一起来。

堂哥和嘉怡第一次见面，他们很有礼貌地握手寒暄。我看着忍不住笑了，我比堂哥小五岁，我已经老婆孩子一大家人了，三十岁的他却还玩独身、晒潇洒呢。

堂哥见到我儿子很开心，他变戏法一样从身后拿出个遥控飞机玩具来，我儿子立刻就喜欢上了他。让他叫伯伯，他就伯伯长伯伯短地叫个不停。我还是第一次看他对陌生人这样亲昵，给点东西就这么嘴甜，我真怀疑这小子会不会有人让他叫爸爸他也叫呢？有很多被拐卖的儿童不愿意回到亲生父母身边，大概就是这么给蒙住的。

看我儿子和他很亲近，堂哥也掩饰不住自己的欣喜，抱着他晃来晃去逗他开心。我没想到的是，还没有固定女朋友的堂哥还挺细心的，对小孩子能这么在意，也许真的存在血缘亲情吧。看来，我儿子应该让他有所触动，但愿不久的将来，他也能成家生子了。

嘉怡第一次来曼谷，飞机一落地，她就被华彩纷呈的异国情调迷住了。"三顶尖"式的泰式屋宇，是曼谷的典型建筑，很有民族特色，这里到处显得古色古香，雍容华贵。曼谷又常年百花盛开，姹紫嫣红，与我们北方冬季单调的色彩，形成了鲜明的对比。

曼谷原本是"天使之城"的意思，又有"佛庙之都"的美誉。曼谷也是泰国政治、经济、文化中心，位于湄南河畔，市内河道纵横，各种船只穿梭往来，被称为"东方威尼斯"一点也不为过。这里景色迷人，已经是东南亚旅游的热点城市，尤其吸引了大批中国的观光客。

看着嘉怡满脸好奇的样子，堂哥告诉她别着急，他会让女朋友抽空陪她出去玩玩的。我们一路有说有笑。到家时，爷爷、伯伯、伯母都已经在家里等我们了。我算是这里的常客了，而嘉怡和我儿子还是第一次来。

看到我儿子，爷爷和伯伯的喜悦和亲切之情溢于言表，伯母也随着爷爷和伯伯轮换着抱他。我儿子今天很乖，嘴巴也甜，让他叫什么就大声叫，还说"奶奶"让他向大家问好。整个房间欢声笑语，这是我们李家第一次在国外的四世同堂。

爷爷也属龙，他本命年身体一直不太好，夏天时候住院治疗了一个多月。老年人越是身体不好时越想身边有亲人陪伴，爷爷生病时也一样。伯父和堂哥生意很忙，我曾放下生意来这里替换他们护理爷爷十天。我回去后，又换父亲来陪护十几天。那次，我第一次感觉家里人少了点，如果是一个人丁兴旺的大家族，大家轮换着陪护老人，不但老人高兴，陪护者也不会感到辛苦。那样该多好啊！

人在生病时才会感悟到，什么荣耀、什么风光，那都是过眼云烟。能耐住寂寞，沉下心来陪在你身边的亲人，才是支撑我们生命的最重要的人。

上次我来陪护爷爷期间，遇到了我一直猜想的爷爷给买衣服的那位奶奶。原来老太太是广东人，比爷爷小一岁，身体还挺硬朗。她几乎每天都来医院看爷爷，有时还带来她自己煲的汤给爷爷吃。她夸奖我孝顺，大老远地跑来护理爷爷，很难得。她还说年轻人这么孝顺的越来越少了。她告诉我，爷爷常和她念叨起我和我儿子，说爷爷对晚辈很是挂念，等等。

爷爷告诉我，他们已经认识多年了，爷爷的同乡会离她家不远，平时常见面。身在异乡遇到谈得来的国人很难得，有时爷爷身体不舒服，她就会来照顾他，也会帮着爷爷做一些力所能及的事。

老太太丈夫早就去世了，她自己带着四个儿子生活得很艰难，但也都挺过来了。他们早已加入泰国国籍，爷爷还说，她的儿子们日子过得都一般，也没有能力照顾她，现在老了没有收入，爷爷常会帮帮她，她生病都是爷爷给出钱治疗的。

我心里暗想：这样看来，俩人关系应该不一般了。大概是在奶奶去世后，他们才从熟人走向这种亲密关系的吧？

三十一

除夕到了,这是中国最喜庆的日子。可泰国人不过春节,不过由于首都曼谷华人比较多,春节期间唐人街就显得格外热闹,也有了节日气氛。

白天,我带着嘉怡和儿子一起逛唐人街,感受异乡节日氛围。除夕夜,伯伯特意买回来水饺,一家人煮着吃,这是我们北方人过除夕的习俗。伯伯说,他来曼谷这么多年,年三十这顿饺子是从没省略过的,这不但是对传统习俗的一种延续,更是对下一代耳濡目染的一种文化传承。他指着堂哥说:"记着,你是中国人,以后也要把这个习俗传给你儿子!"这话说得大家都笑了。

我们在曼谷四世同堂辞旧迎新,吃年夜饭的时候,父母给爷爷、伯伯、伯母打电话拜年,这是每年除夕必打的节日长途,也是父母对身在异乡的亲人唯一能尽的一点心意了。

说完过年的喜庆话后,母亲告诉我说,父亲要趁我们不在家,带她去海南玩几天。

我发现,近些年父母的感情越来越好了。记得我小时候,他们整天忙着生意,好像一切精力都放在挣钱上了。而随着年纪的增长,我会看到他们之间更温暖的一面。母亲爱吃荔枝，父亲总是在荔枝最早上市的时候买回来很多。我知道他可是从来不去市场买东西的人，那主要是给母亲买的。现在他在家时，看我儿子缠着奶奶，他就会说："子豪，上爷爷这儿来，奶奶整天带你太累了，你得知道心疼奶奶。"这次又要带母亲去海南，看来是要好好享受一下二人世界了。

当晚我和嘉怡商量，这次回国后，应该把孩子送到幼儿园去，不能再让母亲整天围着孩子转了。我们要给父母创造更多的单独相处的时间，让他们更好地享受生活。

春节是中国最大的传统节日，每年这个时候，整个华人圈显出大迁徙、大购物、大团圆的热闹景象。正月初一这天，堂哥开车，带着爷爷和我们一家三口去唐人街逛庙会。

曼谷唐人街，是东南亚地区最大的唐人街，这里的春节庙会，吸引了大批西方游客和其他国家的华人前来欢度节日。一些中国传统节目，如舞龙舞狮、踩高跷、划旱船等都能在这里看到。

在这次庙会上，我们竟然看到了早年妇女开脸的表演。

只见一位中年女人将一根细细的白线绳在手指上绕几绕，便在年轻姑娘脸上绞来绞去，把脸上的绒毛全部绞掉，脸上显得很干净整洁，尤其是额头，变得棱角分明。见此情景，我忽然想起宋庆龄梳着发髻的照片来，她的额头想必就是经过了这样开脸修整过的。

在这里，我们还看到了泰拳表演。只见两个年轻的拳师你一招我一拳，各不相让。我很想多看一会儿，可爷爷说，小孩子看这个不好，会给他心里留下争斗的印记，我们便离开了。

其实，这种表演性质居多，还够不上真正的格斗。在泰国法律上，泰拳属于一种赌博，拳师相斗，博取彩金，与我们中国人熟悉的斗鸡和斗鱼差不多。只是拳师竭力搏斗，置生死于度外，那是以性命作为赌注的一场拼杀。

传说古时候，泰国和缅甸发生战争，泰国战败，泰王被俘。缅甸国王听说泰国国王是搏击高手，就让自己的拳师与他比武，并许诺说，泰王如果战胜，可以放他回国。比赛中，泰王果真取胜了，缅甸王也不食言，真的就放了他。泰王回国后，就把自己练成的拳术传授给将士们，于是就有了泰拳。

泰国乡野尚武之风至今不变，现在仍然有很多贫困家庭的男孩，被家长送去学泰拳，以参加比赛谋生。有的孩子还不足十岁，那种惨烈，让人看着心酸。但这是他们摆脱贫困的一条出路，也能免去家长因疏于教育而导致孩子混帮派、吸毒、贩毒的命运。

出米进庙会，嘉怡和子豪都很开心，小家伙眼睛都不够用了。嘉怡高兴地说："想不到这里比国内过年还热闹呢，原来国外华人更重视传统节日。"是呀，身在异国他乡，能看到国内都很少见到的传统节目，更显得传统文化的流传之广，以及它的经久魅力，正所谓民族的才是世界的。

其实，嘉怡不知道，泰国国历新年，那才是曼谷更热闹喜庆的节日呢。每年的4月13—15日是泰国新年，他们叫宋干节或泼水节。堂哥曾邀我来过一次。13日早上，我们来到寺庙，由德高望重的和尚把浸着桃枝花瓣的香水淋洒在众人身上，以驱除邪气，然后再由信徒们用香水轮番洒于佛像全身，祈求吉祥。祈祷仪式结束后，众人抬着或用车载着巨大的佛像出游，佛像后面跟着一辆辆花车，车上站着宋干女神。人们穿着节日的盛装，敲着长鼓，载歌载舞跟着游行。这就进入了整个节日的高潮，泼水狂欢了。就像中国傣族等少数民族3月3日的泼水节一样，人们用泼水表达相互的祝愿，青年男女还用泼水表示相互爱慕之情。甚至把大象拉到街上，用象鼻子向人群喷水，街道好不热闹，走在街上的人都会不自觉地融入其中。

由于爷爷身体不太好，他多数时候坐在车上等我们，他和我们一起出来，不只是感受下节日气氛，更多的是体验和晚辈们一起游玩的天伦之乐。我们怕累着他，早早就回家了。

大年初二，伯母热情地邀请我们去她娘家玩。因为我已经去过多次了，这次就没去，想留在家里陪爷爷。嘉怡带着我儿子随伯母去了她娘家，这也是去感受一下真正的泰国人家庭生活。

伯母是地道的曼谷人，她父母健在，还有两个哥哥，侄女侄子一大群，那是一个比较富裕的泰国大家族。伯母娘家有大片的果园，种植了很多热带水果，有榴莲、杧果、山竹、火龙果，等等。每年水果收获的季节，都要雇很多人来采摘，我亲眼见过摘下来的榴莲堆得像小山一样高。这些热带水果多数是出口的，是重要的经济收入。泰国人男女平分家产，伯母的父母身体还都很好，他们主持家政。伯母虽然出嫁了，不参与果园经营，但每年都会得到红利，这是他们家族共同的产业。她的两位哥哥还都另有自己的生意。以前，我上学时候假期来看爷爷，堂哥总带我去果园玩。

泰国年轻人愿意和中国人交往。当年伯母也是当地很优秀的女孩儿，家庭条件又好，外貌也不错，但她就是爱上了刚刚来此打拼的伯伯，对他帮助不小。为了拴住伯伯，她就放下自己的工作，一直参与伯伯的生意。后来她怕伯伯回国变心，就鼓动他把大连的房产卖掉，把钱全部投到泰国的生意里，断了他回去发展的后路。直到结婚生子，这才放下心来，伯父回国探亲她也不再反对了。

堂哥有一半中国血统，看得出他在当地女孩儿中很受欢迎。他把我介绍给他的朋友们，那些女孩儿都劝我留在曼谷发展，也有人主动向我示爱。我对她们说，我都结婚生子了。女孩子说无所谓，只要我能留下就行。有一个家境很殷实、人也长得不错的女孩儿说很喜欢我，只要我留下，可以进她家公司高层，也可以和她一起打理她自己的木材生意。

这里的女孩儿太主动，吓得我再不敢和她们单独接触了。而堂哥坐在旁边也不帮我解围，他只是笑。我明白他的心思，他身为哥哥不能破坏我的家庭，但他也真希望我能来曼谷发展，愿意我们兄弟在一起。但我可不想在国外找麻烦，我也不想离开中国。

三十二

曼谷没有春节假期，白天伯伯堂哥都要正常出去工作，嘉怡带着孩子跟着伯母出去玩，我就留在家里陪爷爷聊天。

我发现，爷爷自从生病后，心思变得沉重了，想得很多很远。他会给我讲他自己和两个儿子的奋斗史，还嘱咐我一定要守住家产，告诉我做生意不挣昧良心的钱。他还不让我涉足政治，一心经商，好好做人。做到"穷则独善其身，达则兼济天下"，如果有钱了，必须行善。

有一次，爷爷竟然还对我说，万一伯伯和堂兄在泰国有过不下去的那一天，让我一定要收留他们。他说，现在东南亚很多土著人仇富，特别仇视华人，他怕曼谷也会有这种事情发生。上次水灾，已经有一点苗头了，这是他最担心的事情。

爷爷还感慨地说："落叶总是要归根的，我最后还是要回国的，要埋在你奶奶身边，不然她太孤单了，她等我呢。我呀，更希望你伯伯和瀚宇能回国发展。只是呀，现在没有特殊情况，他们是不会回去了。你伯伯多少还有点心思，可你伯母和瀚宇一点这方面的想法都没有。"

听了爷爷的话，我又想起上次泰国发生水灾的事。那是2011年7月下旬，泰国连降暴雨引发洪水，造成数百万人受灾，死亡、失踪近千人，首都曼谷也难逃此劫。当时洪水都淹进了泰王皇宫了，以致局势更加紧张。

情急之下，总理英拉要求市民尽量离开曼谷，以避免人员发生危险，也能减轻救援人员负担。当时很多工厂放假，店铺停业，食物短缺，物价暴涨。听爷爷说，那些天一袋方便面涨到原来的八倍还不止，人心惶惶。后来，有个别地区还出现了打砸抢现象。

伯父担心爷爷的安全，从同乡会把爷爷接回家中。由于员工都放假回家抗洪，伯父和堂哥必须一起昼夜看管店铺，以防不测。伯伯怕曼谷也出现针对华人的暴力行为，又因为食物短缺，担心爷爷吃住不好，影响身体，就问我们能不能来把爷爷接回国。

接到消息后，我就要去接爷爷，但父亲说局势吃紧，怕我遇事鲁莽，他要亲自去接老父亲回国。他办理了加急手续，我们给准备了木耳、蘑菇、火腿、罐头等易储藏的食物带给身在国外灾区的亲人。那种急迫的心情，真是远水解不了近渴的无奈。

父亲走后，我们在家里焦急地等待着，每天保持通话两三次。

父亲回来时对我们说，因为堂哥翰宇是泰国人，长得也有泰国人的特点，所以，他去哪里都很安全。堂哥怕我父亲带着那么多东西独自坐车有危险，在难以脱身的情况下，还是亲自开车去机场接的他。虽说伯伯是泰籍华人，但也有一定的危险性，留他一个人看管店铺也不放心，身为泰国人的伯母费尽口舌，找来娘家侄女来家里陪爷爷，她赶过去陪伯伯看管店铺。想来，当时为了保证爷爷和父亲的安全，他们真是煞费苦心。

后来，父亲带爷爷回国时，又是堂哥自己开车，并找来泰国亲属坐在车前排座位，挡住坐在后面的爷爷和父亲两个华人，才平安抵达机场。当时由于路面积水，车速很慢，车很容易被拦截检查。到机场一段路被拦截检查了几次，爷爷装病躺着，父亲斜着身子假装护理爷爷，尽量不让拦截者看清面容，这样才蒙混过关。

想起这些，我对爷爷说："您就放心吧，我父亲和伯伯就兄弟二人，感情又那么好，我们这辈又是兄弟俩，就是最亲近的人了。他们如果有事，我肯定会管的，我愿意把我的家产送给他们一半，最起码我会把您送我的旺铺再转送给伯伯。您就放心吧，万一有事我会出手相助的，我怎么也不会让他们再白手起家过苦日子的。"

听了我的话，爷爷很欣慰地笑了，他说，相信我能做到。

自从办起了同乡会，爷爷就离开伯伯家住在会馆了。去年夏天生病出院，伯伯硬把他接回家中静养，他这才把同乡会的事交了出去。但没事的时候，他还是会过去看看的。那是他一手操办起来的一个慈善机构，他怎么能放得下呢？

嘉怡带孩子去了伯母娘家，回来后特别高兴，说不但吃到了最新鲜的热带水果，更主要的是看到了那结水果的树是什么样的。还说我儿子在果园里到处跑着玩，看什么都新鲜，高兴得不行，弄得一身脏，累得回来时刚坐车上就睡着了。

我问嘉怡："现在看到泰国水果树什么样子，那想不想去看看泰国人妖什么样呢？"

她有些不好意思，笑着说："还是别去了。我怕没有女人太尴尬了。"

我告诉她，去看看也没什么的，来到泰国都想亲眼看看人妖到底什么样，这种好奇心，无论男女都会有的，这很正常。我又说："明天我就带你去，先看人妖才艺表演，之后就是自由活动，你给点儿钱就可以和他们拍照。如果你再舍得多花钱，还能让你摸摸那凸起的部位，感受下和真正女人是不是一样的呢。就是最好别说话，那会败兴的，因为你看到的明明是一位美女，但有很多人发出的声音却是纯粹的爷们儿声，你会感到很别扭，甚至会作呕。"

其实，我们都知道，泰国人妖是一个很悲惨的社会现象，有点像中国古代的太监，是逼不得已才走上这条路的。一般都是穷人家的男孩才送到人妖学校去，希望长大后能挣钱养家，这孩子还得是长相清秀的。人妖学校有系统化的训练，甚至有一些优秀艺人会被送到日本、美国等地深造。人妖也分几种，有的生殖器被切除后整形，有的生殖器根本没动，就是服用大量雌性激素，抑制男性生殖器官的发育，使臀部、胸部越来越明显、发达，凸显出女性特征，很多人乳房甚至比真正的女性还圆润挺拔。

虽然人们表面看把人妖看成女人，但在法律上人妖还是男性。由于人妖身体被扭曲，人格被歧视，不少人心理上承受着巨大压力，自卑感强烈，很容易走上极端。他们的寿命一般也很短，平均也就四十多岁。

虽然这是社会的阴暗面，但是，如今的社会现状又不能否认，由于成功的商业运作，已经把人妖这一社会悲惨现象提升到了娱乐项目和旅游卖点的高度了。这又促使那些生活状况不好的家庭，铤而走险，让男孩变成人妖，成为最容易赚钱养家的工具。

三十三

这次在伯伯家，我又见到了那位奶奶，看样子，她来这里已经很自然习惯了。她来了会和家里人打声招呼，然后就随爷爷去他的房间说话。

有一次，我帮爷爷洗完澡不久，那位奶奶就来了，我见她又用湿毛巾给爷爷擦身子，爷爷也没阻拦，而且很享受的样子，乖乖地听她摆布。我看着笑了，看来爷爷并不是想擦身，他是在享受那份细致的体贴和无间的关爱呢。

后来，我陪爷爷聊天时，只要那位奶奶来了，我就自觉地躲出来，给他们留点私人空间。

嘉怡也注意观察爷爷和那位奶奶的表情举止，她偷偷和我说："爷爷正在恋爱，你看了他们相互看对方的眼神没有？他们之间在用目光传达柔情蜜意呢。"

我笑不作答。

正月初七晚上，堂哥带我出去玩很晚才回来，次日我就睡起了懒觉。嘉怡带孩子跟伯母出去玩了，九点半我醒来时家里很静，我在楼上洗漱完下楼时，看到爷爷的房门开着。我刚想过去看看爷爷，无意中看到了不同寻常的一幕：爷爷和那位奶奶很亲热地拥抱在一起。这一眼看得我很震惊，我收住脚步，屏住呼吸，躲在楼梯边观看。

按理说，看到男女这样的情形是应该躲开的，但不知为什么，我当时迈不开脚步，很想看个究竟。后来发现那位奶奶先松开了手，还在爷爷脸上亲了一下。她又把爷爷的枕头立起来，让他靠在床头上，然后两人就那么手拉着手对望着，很甜蜜幸福的样子。

我忽然就想起了前些年看过的一期央视"艺术人生"节目，那次是做豫剧老艺术家常香玉的专场，被访者是常香玉的子女们。他们说父母感情很好，父亲病重时，母亲常香玉去医院陪伴，一次他们无意中发现，父亲对母亲吃力地说着什么，他们母亲俯下身子听，然后就很激动地亲了他们的父亲。而他们那病中的父亲也努力迎合着。那分明就是两个耄耋之年的老人在接吻。他们被那个场景震惊了，原来他们的父母相互陪伴了一辈子，这么大年纪竟然还有爱情的存在，那样的感情太令人羡慕了。

我当时还以为那是做节目在煽情，根本没往心里去。我想他们那么大年纪，甚至男女都不分了，还会有爱吗？我一直怀疑着。但今天，在爷爷和那位奶奶之间亲昵的动作和温柔的眼神里，我分明看到了那最宝贵的情感，他们之间确确实实存在着一种情，那种感情，只能用爱来解释。

记得几年前爷爷说过，他留在曼谷，就是为了陪伴伯伯，不然伯伯独自在异国他乡太孤单了。爷爷说等他老了，身体不好了就回国，他要落叶归根，曼谷太热了，不适合北方人生活。然而，爷爷这一年身体一直不太好，可他从没提出过回国的要求，上次水灾刚刚缓解他就返回来了。我想，这位奶奶就是他不忍离去的牵挂吧。爱人在哪里，哪里就是爷爷最想留下来的地方。

爷爷是个情感丰富的人，说实话，在奶奶过世后的漫长日子里，爷爷身边如果一直没有个知心的人，那样的日子可以想象该是多么孤独寂寞。我希望爷爷过得幸福，我希望他想要的都能得到。如果爷爷和那位奶奶之间有男女之情，那也是人之常情，是人性的本真需求。他们有权利享受正常人的欢娱，享受爱，享受快乐。尽管那些爱抚与年轻人不甚相同，但我依然对那垂暮之年的情爱由衷地祝福，对他们的勇气深感敬佩。

老年人因失去伴侣而产生的空巢感，无论晚辈多么孝顺都是无法填补的。所以，我对那位奶奶带给爷爷身体的抚慰和情感的依托，心存感念。能看到这温暖的一幕，我的内心是宽慰的。我深深地祝福他们。

我把看到的这一幕温馨场景，说给我在网上认的一个姐姐听。她是一位编辑，我偶尔会把自己的一些烦恼对她倾诉一下，她总是善意地劝解我，帮我找到根源，化解矛盾。她说，她相信爱情是能够伴随到生命的终点的，一个感情丰富的人，只要神志清醒，就有爱的需求，就渴望爱与被爱，这是很健康正常的。

她又发给我一段话："对于男人，除了事业上的成功外，应该还有一种成功，照顾好自己的父母妻儿。而这种成功是最容易的，无论穷富，不论能力，只要尽心就能够做到。"

我笑着说："姐，你又点拨我了。我知道你都是为我好，你对我有点像我妈一样，不放过一切时机教育我。嘉怡都应该感谢你，你总是帮她说话，我真搞不懂，你到底是我姐，还是我给她认了个姐姐。不过，有你这样的一个姐姐真不错，你既能理解我，我又可以和你探讨不能和妈妈探讨的话题。真不知怎么感谢你。"

她发过来调皮的表情说："下辈子做我哥哥吧，由你来理解我、帮助我。"

我返回去一张狂笑的表情:"还是做你丈夫吧,那样还能更疼你呢。"

紧接着,我收到了一张肥胖的芙蓉姐姐跳舞图片,她说:"那我就努力长成这样,你看行吗?"

我晕……

三十四

在曼谷陪伴爷爷十一天。正月初十，我和嘉怡带着儿子子豪告别亲人，飞回大连。

到家时，母亲和张姨在家。见我们回来，张姨亲了亲子豪就出去买菜了。

得知我们到家，父亲也提前回来了。母亲告诉我们一个特大喜讯，几个月前，她遇到了以前在我们家店里做过事的老王，他现在在叔叔的公司做后勤，就是平时打扫一下绿化带卫生、养养花草什么的。他不抽烟，不喝酒，也没有其他不良嗜好，人很本分，身体又很健康。他老伴去世多年了，他把所有家产变卖掉供养独生子上大学并给儿子买了房，现在自己一人住在公司宿舍里。母亲对他知根知底，就把他和张姨拉到一起见了面。经过一段时间接触，两人都感觉很合得来，就一直交往着，快半年了。赶着过春节的喜庆劲儿，昨天俩人一起找到母亲，说想租个房子结婚。

听到这个消息，我真心为张姨高兴，她独身二十年了，能找到一个情投意合的人安度晚年，我也感到欣慰。我真心愿她有个伴侣，晚年生活过得更美满更幸福些。我高兴地问："太好了，这可真是个大喜事，定下日子了吗？"

父亲说："那就把员工宿舍倒出来一个单间吧，他们爱住多久就住多久，也省得租房子住心里不安稳，还要一大笔开销。这也算咱们家对她这么多年的付出的一点回报吧。"

我高兴地说："房子的大问题解决了，那我们就给他们张罗结婚吧。我要送他们礼物，不过送点什么好呢？"

母亲说："那就帮人帮到底吧，她结婚的事咱就包下吧。房里空调现成的不用换了，冰箱、彩电、洗衣机、微波炉这些用得着的家电就都从店里拿吧。"

父亲笑着说："行啊。你爱咋办就咋办吧，这事儿是你给撮合的，那你就好人做到底。要用什么，你去或者让她张姨去店里拿，记我账上就行了。"

人家你一句我一句，气氛非常热烈。嘉怡又抢着说："按常理，床是必须他们自己买的，那床上用品我和翰翔就包了吧，这也算我俩的一片心意。"

我笑了："这不就成了！看来什么事有人热心就好办了。"

张姨就要做新娘子了，她终于有了自己的家，终于有了疼她、爱她的人了。人啊，这一辈子总会有苦尽甘来的时候的。

张姨结婚就得回家住了，很多时候来得就会晚些，早餐母亲就得自己先动手了，有时，嘉怡也会加进来，现在她也能像模像样地准备一桌早餐了。虽然母亲比以前忙了，但当看到张姨一脸幸福的样子时，我们一家人还是都替她高兴的。二十年的光景，我们已经成了一家人，那是一种分不开的亲情了。

从曼谷回来后，我和嘉怡又继续着往常的一切。虽然生意与前两年相比有些下滑，但这属于正常的波动，我正在拓展新的路子，也相信自己有能力把它经营好。我偶尔还会陪叔叔出去处理一些公司往来事宜，叔叔甚至让我和嘉怡代表公司参加一些活动，我知道他开始放手了。

开春后，叔叔迷上了钓鱼，还经常拉上父亲去。他说，咱们掌握大方向就行了，慢慢移交给孩子们管理吧，反正早晚都是他们的事。有一次喝茶时，我还听他们商量，要四位亲家带孩子出去度假呢。看来经历过商海沉伏的他们，现在内心已经归于平静，要好好享受生活了。

时间总是平静地流淌着，它不急不慢，不冷不热，无声无色，无滋无味，而赋予它激情、温度、色彩、滋味的，只有那些掌管时间的人。

"青山不墨千秋画，流水无弦万古琴。"红尘浮世，欲海难平，人的很多痛苦，都是欲望得不到满足而来的。也许，只有把那些无望的欲望放下，留下一些必须承担和奋斗的责任和目标，才能活得轻松自在吧。我们不应该让无底的欲壑，埋藏了原本已经拥有的快乐和幸福。

6月初的一天，我正在查看资料，嘉怡打来电话，问我这月下旬是否有什么安排。我看了看记事本，告诉她应该没什么事。她就兴奋地说："翰翔，我才看到个消息，说今年6月13日和21日，我们用肉眼就能看到水星，水星可是四百多年前的哥白尼一生都未见过的行星，极难观测到的。6月23日，会有超级月亮现身。6月16日和27日，天琴座和牧夫座都会有流星雨，据说每小时能有上百颗流星划过，那该是多么迷人的景象呀！这个6月实在是太美了，如果你没有安排，那我就报名参加台湾八日游了，我们带儿子在日月潭一起看流星雨吧……"

是呀，观水星，赏满月，在日月潭看流星雨，想想都美。这个6月真的好浪漫，那就等着吧……

除嘉怡外，我经历了刘安琪、曾倩倩、小叮当、梅清四个不同性格的女人，都曾有过伤痕累累的感受。现在想来，那些曾经的相遇相知，也只能是彼此路过的风景，对她们，虽然我年轻的心不能忘记，但能放下了。

刘安琪是我的初恋，带着青涩的味道，我们见面时还是同学的感情更多些。上次聚会，她和嘉怡聊得还挺好，我也很欣慰，看来还没有影响到彼此的同学情分。曾倩倩，就是一个交往不多，但彼此很有好感的朋友，来了去了都没有太多牵挂，听说她也回老家了。小叮当，她是我的一个美丽而伤感的梦，不会忘记，但会越来越模糊，时间久了，讲起来不疼不痒，像在说别人一样。而梅清，她是我的一份债，一份心痛。虽然我没有她的消息，但在我心里会永远记住她，有一个角落永远为她保留。

偶尔夜深人静时，我还会想起这几年的情感波折，就固执地不想入睡。我在梳理自己心路历程的同时，也为今后的生活方向找准了坐标。偶尔，我会被一首歌打动，就会想起过去的一切，既有心动，又有心痛。我祈祷和我有关联的人们，都能过得幸福，毕竟曾经相伴过一程，那都是红尘浮世的缘分吧。

生活呀，我们都想过得丰富多彩，尤其是年轻懵懂时期，饱胀的生命只知道向外奔突，莽莽撞撞，就如莎翁所言："充满了声音和狂热，里面却空无一物。"甚至不知道自己要的到底是什么。所以，就一定会受到挫折，品尝到这莽撞带来的后果。但也正是这些磕磕绊绊走过来的经历，让我们感受到真实生活并非童话故事般简单纯美，也不是你确定的理想只要通过努力就能实现。当你经历了社会的历练，品尝了生活的五味杂陈后，我们的心灵才会更加充实，情感也更加丰富，人生就此变得更加厚重。

有人把人生比作一次旅行，这样的旅程在乎的不是目的地，而是一路看风景的心情。

是呀，旅途中我们走走停停，在欣赏沿途风光的同时，也不时地在完善旅途装备。这期间，我们还可以静下心来，回望一下已经回不去的过去，再满怀信心地展望还来得及的未来。我们从看山是山、看水是水的初出茅庐，上升到看山非山、看水非水后的久经世故，这是成长必须经历的过程，然后，我们再去找回那看山是山、看水是水的本真与纯粹。

只可惜，时光的青鸟永远不会振翅重来，走过的路、遇到的人，永远是我们回望旧时光里的一道风景。遗憾也罢，欣慰也罢，那都已成为过去。我们要记住的，应该是这一处处风光为我们的人生增添的五彩斑斓，带给我们对生活的认知和心灵的悸动。因为，正是这所有的点点滴滴，汇成了我们成长道路上的铺路石，托起我们蹒跚的脚步。

生活在继续，我年轻的心一直都在憧憬美好未来。

路在前方，脚比路长……